英雄王、
武を極めるため転生す
そして、世界最強の見習い騎士♀
Author
ハヤケン
Illustrator
Nagu
9

「お褒めにあずかり、光栄です……！」
イングリス
（クリス）
Inglis
遥か未来で美少女に転生した元英雄王。
魔印武具の影響で幼女の姿に!?

『よく受けたなぁ！
イングリス！』
ジルドグリーヴァ
Jildegrieva
天上領でも絶大な力を持つ三大公のひとり。
武公と呼ばれる文字通りの武闘派で
イングリスとは気が合う模様。

ラフィニア
（ラニ）
Rafinha
イングリスの幼馴染で騎士を目指す少女。
同じく魔印武具の影響で
幼女の姿に!?
「えええええええええええっ!?」
「ええええええええええっ!?」
鏡の中には、五、六歳の
イングリスとラフィニアがいた。

英雄王、武を極めるため転生す
～そして、世界最強の
見習い騎士♀～ 9

ハヤケン

HJ文庫
1052

口絵・本文イラスト　Ｎａｇｕ

Eiyu-oh,
Bu wo Kiwameru tame
Tensei su.
Soshite, Sekai Saikyou no
Minarai Kisi "♀".

CONTENTS

第1章 ♦ 16歳のイングリス　お見合いの意味　その1

故郷ユミル。領主ビルフォード侯爵《こうしゃく》家の城。

ビルフォード侯爵家におけるお茶《ちゃ》請けの規模は、世間一般《いっぱん》のそれではない。

母娘水入らずの和《なご》やかな空気の中、テーブルの上に並ぶのは、まるで結婚式《けっこんしき》に出されるかのような、多重構造のケーキである。

そして山のようなそれが、今日は二つ——それが既《すで》に消え失《う》せていた。

「それにしても、我《わ》が娘達《むすめたち》が国の危機を救っただなんて、鼻が高いわね～♪」

伯母《おば》イリーナは見るからに上機嫌《じょうきげん》だった。

「クリスちゃん。あなたが天恵武姫《ハイラル・メナス》のお二人と一緒《いっしょ》に虹《プリズマー》の王を撃破《げきは》したって聞いたけれど……？」

「ええ、まあ——」

「あ、疑うわけじゃないのよ？　ただ、驚《おどろ》いて……確かにあなたは、何だか私達に見えないものが見ているような子だったけれど、昔から自分に力があるって分かっていたの？」

「い、いえ……何だか違和感《いわかん》のようなものはありましたが、騎士《きし》アカデミーの指導がとても良かったのだと思います」

と、イングリスは言葉を濁《にご》しておく。

前世の事、霊素《エーテル》の事、色々な事情はあるが、それを詳《くわ》しく説明するわけにはいくまい。混乱させてしまうだろうし、何より、得体の知れないもののように思われるのは辛《つら》い。

母セレーナの前では、純粋《じゅんすい》にその娘イングリス・ユークスでいたいのだ。

「そう……本当に凄《すご》いわね。偉《えら》かったわよ、クリスちゃん。私とお父さんの誇《ほこ》りだわ」

「ありがとうございます、母上」

自分には前世の記憶《きおく》があり、そこから受け継《つ》いだ力もある。

が、この人の娘として、母を慕《した》っている。それもまた事実なのだ。

その関係が壊《こわ》れるような事は言いたくないし、したくない。

「ねえお母様、叔母様《おばさま》！　それで、さっき言ってたお見合いの話って？」

ラフィニアがイングリスの様子を察してか、話題を変えてくれる。

だが変わった先の話題もそれはそれで難ありだった。

「う……忘れてたのに……」

「そうそう、それよりこっちよね……！　それでね、王都での戦勝記念の宴《うたげ》で二人を見初《みそ》められたっていう方が何人もいらしたみたいで、縁談《えんだん》の申《もう》し込《こ》みを沢山《たくさん》頂いて……」

「それに、アールメンの戦場であなた達に助けられたという方もいるみたいよ？」

伯母イリーナに続き、母セレーナもにこにこと嬉《うれ》しそうに言う。

「だからね、つまり……あなた達がいくらお転婆《てんば》で沢山食べても問題ないの」

「そういう姿を一度見た上で、お話を頂いているんだから……ね？」

「いい、ラフィニア……」

「よく聞いて、クリスちゃん」

「「これはチャンスなの！」」

母セレーナと伯母イリーナの声が揃《そろ》った。

「「この里帰りの間に、お見合いよっ！」」

「お母様、叔母様……！　はい、分かりました！」

ラフィニアは目を輝《かがや》かせて頷《うなず》いていた。

まあラフィニアの場合本気で結婚《けっこん》がしたいとかそういう話ではなく、単なる興味本位なのだろうが。

それでも――それを認めるわけにはいかない！

「ダメッ！　ラニにはまだ早いから……！　それにわたし達騎士《たちきし》アカデミーの生徒なんだ

よ？　学業に専念しないと！　母上、伯母上！　どうか考え直して下さい！」

「クリスちゃん……」

と、伯母イリーナがイングリスを見つめる。

「クリスちゃんもラフィニアも、もうすぐ16歳よね？　ユミルに帰っている間に誕生日になるわよね？」

「え、ええ。そうですが……」

ちなみにイングリスとラフィニアの誕生日は、二日違《ちが》いでイングリスの方が早い。

もう数日後には16歳だ。早いものである。

「だったら何も早くないわ。私……ラファエルを産んだのが16歳だもの」

「う……っ⁉」

不純異性交遊どころか妊娠《にんしん》に出産まで……！

完全に上手というか、次元が違った。

「わぁ、そっかあ。もうそんな年なのよねーあたし達も。それを考えたらお母様って凄いわ。あたし達と同じくらいで、結婚して子供がいたなんて……そこから見たら、あたし達ってまだまだ子供だなぁ」

ラフィニアは尊敬の眼差《まなざ》しでイリーナを見つめる。

「そうよ、ラフィニア。だから決して早過ぎるという事は無いのよ？　クリスちゃんはいい子だから、うちの人の言う事をしっかり守ろうとしてくれているけど、気にしなくていいのよ？　確かなお家から正式にお話を頂いているんだから、全然悪い虫じゃないし。それにあの人、本音を言えば娘を取られるのが寂《さび》しいだけなんだから」

「うぐ……っ⁉」

それは、分かっている。分かっているのだ。

分かっているからこそ、イングリスはビルフォード侯爵の言いつけを忠実に守るのだ。

自分も全く同じだから。ラフィニアを誰《だれ》かに取られるのは寂しいから。

むしろビルフォード侯爵の命を後《うし》ろ盾《だて》に、やりたいようにやっているというのが本当の所なのだ。

「で、ですが伯母上……！　わたし達はまだ学生です！　騎士になるための勉強なのですから、お国のためにもなりますし、これを止めてしまうのは……！」

「何もすぐ結婚しろだなんて言わないわよ？　確かに、騎士アカデミーは卒業しておいた方がいいものね？　だけど将来のお相手をね、今のうちからお話しできておければ安心じゃない？」

「つまり婚約《こんやく》とか、許嫁《いいなずけ》とか、そういう事でしょうか……？」

「そう！　だったらあの人もお許しになるわ。今すぐ娘を取られるわけじゃないもの」

「う、うーん……」

不味《まず》い。これは不味いと思う。

上手《うま》い反論の手段が見つからない。

まだラフィニア本人が嫌《いや》がってくれていれば別だが――

「ねえお母様！　それよりどんな人が申し込んできてくれたの？　早く教えてよ～！」

本人はすこぶる乗り気なのである。

一瞬《いっしゅん》セオドア特使にこの事を告げ口して潰《つぶ》して貰《もら》う作戦も頭を過《よぎ》ったが、それはそれで問題である。それをきっかけに二人の仲が進展してしまいかねない。

「ええほら、こっちに来なさい。一緒に見ましょう？　やっぱりね、人間求められているうちが華《はな》なのよ。自分が一番いい時期に、いい選択《せんたく》をしておくに限るわ」

「ふふっ。姉さん、昔侯爵様から求婚《きゅうこん》して頂いた時も、同じ事を言っていたわね？」

と、母セレーナが伯母イリーナに向けて微笑《ほほえ》む。

「ええ。正解だったでしょう？」

「そうね。本当に……」

「さっすが先輩《せんぱい》の言う事は説得力が違うわね！　で、どんな人どんな人……？」

と、ラフィニアと伯母イリーナは、お見合い用の冊子を開いて目を通し始める。

「ほら御覧《ごらん》なさい。同じ侯爵家の方や、王族に連なる公爵《こうしやく》家の方もいらっしゃるし――」

「わ、外国の人もいるんだ！」

「そうね、南のイルルシュはユミルからも近いからね。そちらの方々も注目して下さっているのよ。それ位、あなた達の成《な》し遂《と》げた事が凄かったという事ね？」

「頑張《がんば》った甲斐《かい》があったなあ♪」

実に和気《わき》藹々《あいあい》と楽しそうである。

「うぐぐ……！」

――くそう！　失敗した！　と叫《さけ》びたい気分である。

母達の目が無ければ実際そうしていただろう。ついでにテーブルもバンバン叩《たた》いて破壊《はかい》していたかもしれない。

物に当たるのは良くないが、それくらい、やり切れない。

明らかに自分の失敗だ。

虹の王《プリズマー》と戦う算段をする際、今後のラファエルの立場に配慮《はいりよ》して、先に自分達の立場を臨時とは言え近衛騎士《きし》団《だん》長に引き上げてから臨《のぞ》んだ。

名も知れぬ学生に手柄《てがら》を奪《うば》われたとあっては、ラファエルや聖騎士団の名誉《めいよ》に傷が付き今後の立場が危《あや》うくなりかねない。

そうなると、また同じ事が起きた時は呼んで貰えなくなるかも知れない。

それを嫌《きら》って、手柄を分け合える立場に身を置いた。

出世をするつもりはなかったが、それを置いて前に出たのである。

ラフィニアの従騎士の立場を捨てるつもりはないので、当然ラフィニアは自分の一歩上に。

あの時間の無い中で出来る事前の準備は、それしかないと考えた結果だ。

それで結果的に手柄を分け合えて、四方を丸く収めたはずだったのだが——

その後、こちらに縁談が殺到《さっとう》してくる事は、正直想定していなかった。

前に出過ぎた。活躍《かつやく》し過ぎたのだ。

しかも自分がラフィニアの従騎士でいたいという拘《こだわ》りが裏目に出て、ラフィニアにまで

縁談が飛び込んで来ている。

こんな事になるなら、虹の王《プリズマー》を倒《たお》す時に完全に身元を隠蔽《いんぺい》すればよかった。例えば血鉄《けってつ》

鎖《さ》旅団の黒仮面からあの仮面を借りて、女黒仮面として乱入するとか。

それで虹の王《プリズマー》を倒してしまったら、血鉄鎖旅団に手柄を奪われた聖騎士団や、それだけ

でなくカーラリアの国の権力までが揺《ゆ》らいでしまい、それを収めるために躍起《やっき》になった王

国側が、血鉄鎖旅団に全面戦争を仕掛《しか》ける未来まで想定されるが。

黒仮面もそれを嫌がって自分の力をイングリスに託《たく》そうとしていたわけだ。

だがそんな事情は知った事ではなく、お見合いは嫌だ。

せめて一人で前に出るべきだった。激しく後悔《こうかい》している。

「ほら、クリスちゃん。クリスちゃんはこっちよ？　おいでなさい」

母セレーナが優《やさ》しくイングリスを呼び寄せる。

「ほら、一緒に見てね？」

「はい、母上……こちらは更《さら》に多いですね」

ため息を吐《つ》きながら応じる。

イングリスの冊子はラフィニアの倍以上あるのだ。

「ええ、こちらのほうが申し込みもしやすいだろうし」

ラフィニアの家は当たり前だが由緒《ゆいしょ》正しき侯爵家なので、それに見合う立場や家柄《いえがら》の人物というと限られる。

同じ侯爵家以上の、格式ある貴族の家柄からしか縁談は来ないだろう。

イングリスのユークス家は、侯爵家の縁戚《えんせき》ではあるものの、基本的にはそこに仕える騎士の家だ。ラフィニアに比べれば、家柄としては落ちるのは間違《まち》いがない。

ゆえに色々な所から、申し出がくる可能性がある。分母が多いのだ。

母セレーナが言うのはそういう事である。

たしかに侯爵家より格下にあたる、伯爵家《はくしゃくけ》や子爵《ししゃく》家からも申し込みがあるようだ。

それだけでなく、同じ騎士の家からもあるし、ランバー商会のような、大商人の家からの申し込みもある。

まあ、家柄などどうでもいい事ではあるが。

そもそも結婚にも恋愛《れんあい》にも興味が無い。

自分はラフィニアを見守りつつ武を極《きわ》めるための人生を送っている最中なのだ。

「母上……わたしには、どうにも……どうしてもお見合いをしなければいけませんか？」

人生は長いようで短い。油断をしているとあっという間に過ぎる。

余計な事に囚《とら》われている余裕《よゆう》は無いのである。

「クリスちゃん……」

母セレーナはイングリスの肩《かた》を抱《だ》くように、そっと身を寄せてくる。

「あなたの洗礼の日に私が言った事を、覚えている？」

盛り上がるラフィニアや伯母イリーナには聞こえないように、潜《ひそ》めた声で言う。

「はい。特級印だけは授《さず》かって欲《ほ》しくない、あれは人々のためだけに生きて死ぬ事に縛《しば》られる気がすると……わたしは生き方を縛られる力はいらないとお答えしました」

イングリスも声を潜めた小さい声で応じる。

その母セレーナの予感はあながち間違っていなかったわけだ。

聖騎士の運命はその言葉の通りだ。

人々のために虹の王《プリズマー》と戦い、そして天恵武姫《ハイラル・メナス》の機能によって避《さ》けられぬ死を迎《むか》える。

母セレーナはそれを知らないはずだが、とても勘《かん》の鋭《するど》い人なのかもしれない。

「ええ……そうね。でも今のあなたは……特級印こそ無くても、もしかしたらそうなってしまっているのかも知れない……」

物憂《ものう》げな表情の母セレーナ。

「い、いいえ、決してそんな事は……」

母の言いたい事は分かる。

特級印を持ち人々の英雄《えいゆう》たる事を求められてしまう生き方。

だがそれが無くとも、同じ結果を残してしまえば、今後もそれが求められると。

そう思えてしまうのかも知れない。

実際の所は違う。

世のため人のためというつもりはさらさら無く、ただ自分の楽しみのために。

武を極めるために強敵を求め続けていたら、虹の王《プリズマー》と対決する機会を貰った。それだけである。

今後同じ事があるとしても、それもまたイングリスの望んだ戦いである。

まあ逆に言えば、生き方を縛られているのかも知れない。

強敵にはどんな謀略《ぼうりゃく》の限りを尽《つ》くしても戦いの機会を作り、良い修行《しゅぎょう》として己《おのれ》を高め続けるという縛りに。

縛られているというより、自ら望んで縛っているのだが。

ただ、やはりそれを母に対して堂々と宣言するのは憚《はばか》られて、言葉を濁してしまう。

「だったら……そうじゃない所を見せてくれると、お母さんも安心よ？　いい人がいるかどうかは分からないけれど」

微笑みながら、まだ見ていない冊子を手渡《てわた》される。

少し寂しそうな、心配そうな雰囲気《ふんいき》もある。

とにかく娘の身を案じて言っている事だけはひしひしと伝わって来た。

それを無下にできないのは、やはり自分がこの人を慕っているからだろう。

「う、うーん……と、取り合えずお話をするだけであれば――」

その位は譲歩《じょうほ》しなければいけないのかも知れない。

自分の作戦の失敗がこの事態を招いた。その尻拭《しりぬぐ》いは自分でせねばならないだろう。

まあ今回のこれを乗り切れば、また騎士アカデミーに戻《もど》る事になる。

またユミルに戻るのは随分《ずいぶん》先になるし、そうしている間に舞《ま》い込んでくる縁談も減るだろう。

今は国中が虹の王《プリズマー》撃破の余韻《よいん》に浸《ひた》っているような状況《じょうきょう》であり、その中心にいたイングリスとラフィニアにとにかく注目が集まっているのだ。

今を凌《しの》いで、あとは嵐《あらし》が過ぎ去るのを待つのみ――である。

「クリスちゃん。誰か気になる人はいるかしら？　どういう人が好みだ、とかは？」

「気になる人というか、気になる事なら……全員の方に」

「何が気になるの？」

「う～ん。いえ、この方たちはどのくらい強いのかと……」

「いやいや、それはお見合いには関係ないような――」

「でも母上……！　人生を共にする伴侶《はんりょ》とはお互《たが》いに助け合い高め合うものでしょう？　わたしはまだまだ強くなりたいのです。ですから共に高め合うに足る強さは大事だと思います！」

「う、うーん……そ、そう。そうね……あははは」

苦笑いをする母セレーナ。

それを聞いていた伯母《おば》イリーナが可笑《おか》しそうな笑い声を上げる。

「あははっ、血は争えないわね～。クリスちゃん、昔のあなたと同じ事を言ってるわよ？　セレーナ」

「う……ね、姉さん……それはもう昔の話よ」

「どういう事ですか？　伯母様？」

「セレーナが昔騎士団にいた事は知ってる？　クリスちゃん？」

「ええ。父上からお聞きしました」

「あの時、騎士団ではセレーナが一番強かったのよ。それで今からは想像できないくらい男勝《おとこまさ》りでね、自分より強い男にしか興味が無いって言って、言い寄って来る男の人を全員叩きのめしてたのよ」

「そ、そうなんですか……？　母上」

貞淑《ていしゅく》で物腰《ものごし》が穏《おだ》やかな母セレーナからは想像できないが――

だが、思い返せば赤《あか》ん坊《ぼう》のあの日、イングリスたちが避難《ひなん》していた城の中に魔石獣《ませきじゅう》が突入《とつにゅう》してきた際は、真っ先に自ら剣《けん》を取って戦っていた。

いざという時は勇ましい所があるのは確かだ。あれはその片鱗《へんりん》だったのだろうか。

「む、昔ね。若気の至りというやつよ？」

「それで皆諦《みなあきら》めちゃったんだけど、リューク殿《どの》だけが何回負けてもへこたれずに挑戦《ちょうせん》を続けてね？　それで何十回目かにようやく勝てて、二人は結婚する事になったのね？」

「へえぇぇ。ホントにクリスがやりそうな事をやってたのね、あのお淑《しと》やかな叔母様が」

「今のクリスちゃんなんて、あの頃《ころ》のセレーナに比べれば可愛《かわい》いものよ？　あの時は髪《かみ》も短かったし、自分の事はオレだし、とにかくガサツだったんだから」

「や、止めて姉さん……！　は、反省はしているのよ？　今はちゃんと、クリスちゃんの母親として、恥《は》ずかしくないようにしているから……！」

なるほど昔を振《ふ》り返ると、母セレーナからはイングリスの所作については、結構注意をされて来た。

言葉遣《ことばづか》いや礼儀《れいぎ》作法は元々身に付いていたため何も言われないのだが、女の子らしい所作については結構言われた。例えば、座《すわ》る時に足を開かないとか。

どうしても元々男性だっただけに所作が男性的になっていたのだが、そこは母セレーナにお淑やかにするように指導を受けた。

その点はいつも優しく寛容《かんよう》な母にしては厳しかったように思う。

それでイングリスの物腰はこうなっているのだが、母セレーナが娘をそう躾《しつ》けるのは自分自身への戒《いまし》めの意味もあったのかも知れない。

ともあれ、いい話を聞かせて貰った。

これで、この状況の打開策が思《おも》い浮《う》かんだ。

「なるほど……！　ではわたしも母上を見習おうと思います！」

イングリスは立ち上がって拳《こぶし》をぐっと握《にぎ》る。

「「「見習う……!?」」」

「申し込みを頂いた皆様《みなさま》にお伝え下さい！　わたしを妻にしたいというのであれば、わたしを倒してからにして頂きましょうか、と！　わたしを倒す方がおられたら、その方との将来を真剣《しんけん》に考える事にします……！」

「う、うわ～……これぞ、この親にしてこの子あり、ね……」

伯母イリーナが頭が痛い、と言いたげに額を押さえる。

「ね、姉さんが余計な事を言うから……！　クリスちゃん、よく考えて？　あなたは虹の王《プリズマー》を倒したほどなんだから、そのあなたがそんな事を言ったら誰も来て下さらなくなるでしょう……!?」

「あれはわたし一人の力ではありません。エリスさんとリップルさんの力を借りてこそですし、それに何もわたしと一対一で戦って頂く必要はありません。配下の騎士を使っても、傭兵《ようへい》を雇《やと》っても、その他どんな手段を使って頂いても構いません！　本人の力もさる事ながら、その権力も人脈も資金力も、どれもが人の器の一つの側面……！　十分に戦力を整えてお越《こ》し下さいとお伝え頂けますか⁉」

それならば、イングリス自身も楽しめる。

両家の貴族に仕えている精鋭《せいえい》の騎士団。各地を流浪《るろう》している凄腕《すごうで》の傭兵。何だったら魔石獣でも何でも良いし、まだ見ぬ強者が向こうからやって来てくれるなんて、いい事ではないか。探す手間が省ける、というやつだ。

そして勿論《もちろん》、全員叩きのめして最後は自分が勝つ。

楽しむだけ楽しんで、婚約はしない。

ただ食いだ……！　楽しんで戦って、自分の自由の身も守る。一石二鳥である。

「……そ、その条件なら、ある意味お相手の総合的な能力を見せて頂けるという事になるのかしらねえ……？」

「その通りです、伯母上！　いいですよね、母上⁉　何せ母上と同じですし……！　それならば、わたしも楽しくお見合いできそうですから！」

「し、仕方ないわね……分かったわ、一応皆《みな》さんにそうお伝えしておくわね……」

「やった！　ありがとうございます、母上」

　イングリスはとても嬉しそうにぽんと手を打つ。

「ははは。それもうお見合いの意味が違ってきそうだけど……お見合いって戦う前の睨《にら》み合いの事じゃないと思うわ……」

「ふふふっ。楽しいよね？　お見合い。知らなかったなあ♪」

「……思いっきり負けてみたらいいのに。どんな顔するか見てみたいわ」

　小声でぼそりと言うラフィニア。

「え？　何、ラニ？」

「なんでもなーい！　でもあたしは普通《ふつう》にお見合いするからね……！　素敵《すてき》な人がいてくれるといいなあ……！　何人かかっこいい人もいたのよね～」

　目を輝かせるラフィニアに、イングリスは待ったをかける。

「いや！　それはそれで別途《べっと》話し合いの余地があるから！　伯母上！　ラニのほうも同じ条件を付けて頂く事は出来ませんか？　わたしがラニの従騎士なのですから、当然わたしに勝って頂けないと、ラニを任せるのに不安が残ります。それまでより安全という面では落ちてしまうと思うのですが！」

「こら！　わけの分からない理屈《りくつ》で、あたしのお見合いまで邪魔《じゃま》しようとしないの！　大体クリスはあたしを守るのと自分が戦いたいのとを両立させるために、あたしを最前線に連れて行くじゃない！　何度もすっごい危ない目にあったんだから！」

「それが一番安全だから！　最適なんだよ、最適行動……！」

「ふふっ……暫《しばら》く見なかったけど、相変わらず仲がいいのは何よりだわ」

「そうね、姉さん。それだけはずっと変わらないでいて欲しいわね」

と、伯母イリーナと母セレーナが笑い合っている中――

コンコンコン。

扉《とびら》をノックする音。

「はーい、どうぞ！」

伯母イリーナが返事をする。

「お姉ちゃんっ！」

顔を輝かせ息を弾《はず》ませ、駆《か》け込んできたのは――

肩くらいまでの金髪《きんぱつ》の、十歳程《さいほど》の可愛らしい女の子だ。

「「アリーナちゃん！」」

王都でイングリス達がワイズマル劇団の講演の手伝いをした時に知り合った少女、アリーナだった。身寄りを無くした彼女《かのじょ》を、ユミルで引き取る事にしたのだった。

顔色も良く表情も明るく、元気そうだ。

かなり痩《や》せていたのも、少しふっくらしてより可愛らしくなったかも知れない。

「わー！　会いたかったよ！　元気そうでよかった！」

「お勉強は終わったんだね？　呼び出してごめんね？」

やはりアリーナがどうしているかは気になっていたので早く会いたかったのだが、勉強の時間だという事で、終わったら呼んでもらう事にしていたのだ。

ちゃんと時間を決めて勉強が出来ているようで、とても偉い。

アリーナは十歳くらいだが、当時のラフィニアはこうはいかなかった。

「ううん！　私もお姉ちゃん達に会いたかったから！」

アリーナは満面の笑《え》みでそう応じてくれる。

昔のラフィニアを見ているようで、とても微笑ましい。

お行儀《ぎょうぎ》はラフィニアよりアリーナの方が良さそうだが。

◆◇◆

ユミル城内、騎士団の訓練場――

「やあああああぁぁぁっ！」

ドガガガッ！

アリーナの手にした小ぶりな戦槌《ハンマー》の魔印武具《アーティファクト》が、岩の礫《つぶて》を生み出し、離《はな》れた位置にある木の的を撃《う》ち、破壊した。

「おおおおぉぉぉぉ～っ！　凄いじゃないアリーナちゃん！　ついこの間から魔印武具《アーティファクト》を使い始めたばかりなのに」

ラフィニアは自分の事のように、いやそれ以上に嬉しそうにアリーナを褒《ほ》め称《たた》える。

その様はまるで親馬鹿《おやばか》。つまり、ラフィニアを見るイングリス自身と同じである。

ラフィニアもこの気持ちが分かるようになったのか、と感慨《かんがい》深《ぶか》い気分である。

「上手だよ、アリーナちゃん」

イングリスも拍手《はくしゅ》をして、アリーナを称える。

実際よく出来ていると思う。

「えへへっ。ありがとう、お姉ちゃん！」

アリーナは笑顔《えがお》で胸を張る。

「あの子は上級印の持ち主です。下級の魔印武具《アーティファクト》の扱《あつか》いは難しくないのでしょう。すぐに慣れたようですよ」

そう教えてくれるのは、ユミル騎士団の副団長エイダだ。

ちなみに団長である父リュークはビルフォード侯爵と共に王都カイラルにいる。

まだこれまでの一連の事態に対する事後処理が続いているのだ。

イングリス達がユミルに里帰りしてくる前に、二人には挨拶《あいさつ》して来た。

アリーナが上級印を持っている事は、イングリスもラフィニアも前から知っていた。

イングリス達が潜入《せんにゅう》のためアルカードに発《た》つ前だ。

母セレーナと伯母イリーナがアリーナを連れてユミルに戻る前に、王都の教会でアリーナの洗礼を行ったのだ。

アリーナはイングリスの見た所魔印《ルーン》の才能がありそうだったが、人買いに売られて苦労をしていたため、それまで洗礼を受ける機会が無かったのだ。

結果は見事に戦槌《ハンマー》の形の上級印。

アリーナも喜んでいたが、実はそれ以上に嬉しいのはユミル側だ。

上級印を持つ騎士は、騎士団にとってとても大きな力になる。

普段《ふだん》イングリスの近くにいるラフィニアやレオーネやリーゼロッテやプラムは、皆上級印を持っている。

だから錯覚《さっかく》しがちになるが、上級印とはそんなにありふれたものではない。

数百人に一人、いやもっと確率的に低いかもしれない。それ程《ほど》希少なものなのである。

王立騎士アカデミーという最高峰《さいこうほう》の養成機関だからこそそうなるわけで、ラフィニア達も一般的《いっぱんてき》に見れば、選《よ》りすぐられた精鋭中の精鋭なのである。

それに並ぶ素質を持つアリーナは、大きく期待されると共に、快く迎え入れられた。

ユミル騎士団預かりとなり、早速《さっそく》見習いを始めているのだ。

「アリーナちゃんを任せきりにしてしまって済みません、エイダさん」

自分達はまだ騎士アカデミーの学生の身。

アリーナを引き取って保護者になってあげる事は出来なかったのだ。

「ありがとう、エイダ！」

「いえ、そんな……！　この子はきっとユミルにとって大切な力になってくれると思いますし、わたしも孤児《こじ》で、ユミルの騎士団で育てて頂きました。だから今度は私がご恩返しをする番です」

「エイダさん……」

「そうだったわね。エイダもアリーナちゃんと同じ……」

イングリスとラフィニアも小さい頃から騎士団と行動を共にして、魔石獣討伐《ませきじゅうとうばつ》や訓練を繰《く》り返していた。

その際、一番よく二人の面倒《めんどう》を見てくれたのがエイダだ。

二人にとっては姉のような存在に近い。

だからその身の上はアリーナと同じ孤児で、ユミル騎士団に引き取られて育ったという
のは話して貰った事があった。

身寄りのないエイダだからこそ、イングリスとラフィニアをとても可愛がってくれたと
いう面もあるだろう。

「あ、私の事なんて気にしないで下さいね？　それにお二人は虹の王《プリズマー》を倒すという途轍《とてつ》も
ない大仕事をなさっていたのです……！　本来ならば私共もお二人にお供すべき所を、力
不足で申し訳ありませんでした」

「大丈夫大丈夫《だいじょうぶ》。あたしも大して役に立ってないから。ほぼ見てただけだし」

ラフィニアが手をひらひらとさせながら軽口を叩く。

「そんな事ないよ。わたしを助けようとしてくれて、嬉しかったし力になったよ？」

「そうかなあ？　あたしには全然そんな気しないけど」

「気のせいだよ？　十分力になって貰ってるから」

「だったらいいけど――」

「ふふっ。良かったら虹の王《プリズマー》との戦いについて、どうだったか詳しく聞かせて頂けませんか？　きっと我々にもためになる話かと思いますので」

「んー……それは――」

と、ラフィニアは悩《なや》むような顔をする。

あまり詳しく話すと、イングリスがラファエルを殴《なぐ》って気絶させて出番を奪った事や、諸々《もろもろ》の問題行動も明らかになってしまうのだ。

ラファエルの名誉のためにも、あまり言わない方がいい気がする。

「ま、まあ少しだけなら……色々と言えない事もありますので」

「ああ失礼しました。国家機密のようなものもありますよね」

「お姉ちゃん達、虹の王《プリズマー》を倒してこの国を救ってくれたんだよね？　私そんな凄い人達に助けて貰って……いつかお姉ちゃん達みたいになれるといいなあ」

と、アリーナが憧《あこが》れの眼差しを向けてくる。

「結果的に、ね？　クリスの場合は全《すべ》てにおいて結果的に、が付くから気を付けた方がいいわよ？　あんまり見習っちゃダメだからね？」

「え、ええ……っ!?　どういう事……？」

アリーナが戸惑《とまど》っている。

「だって今度もね、お見合いの話が沢山来たってなったら、わたしを倒せたら結婚してやる！　って言って、お見合い相手と戦おうとしてるのよ？　クリスは何でも戦いでしか判断しないの。ねえどう思うアリーナちゃん？」

「ラニ、そんな人聞きの悪い事をアリーナちゃんに……」

「よ、良く分からないけど……結婚は好きな人とするものだから、強い人とするものじゃないと思う……」

意外と芯《しん》を喰《く》った返答が。

「あっははははは！　そうよねえ？　そうなのよ！　でもそれがクリスだから、見習っちゃダメよ～？　アリーナちゃん」

ラフィニアが可笑しそうに笑う。

そしてアリーナの頭を撫《な》で撫でしていた。

「あはははっ！　そんな事を仰《おっしゃ》ったのですか、イングリス様。血は争えませんねえ、昔のセレーナ様にそっくりです……！」

エイダも可笑しそうに笑っていた。

「だってそうでもしないと、わたしは楽しめないし！　やっぱり何事も楽しまないと！」

「その楽しみ方に問題があるって言ってるんですけど……？　あたしは」

「でも、クリスお姉ちゃんが戦っている所を見られるのは楽しみ……！　だって世界で一番強い魔石獣を倒した人なら、世界で一番強いんだよね……!?　私も騎士《きし》を目指すんだから、凄《すご》い人を見て勉強したい！」

アリーナは憧れの瞳《ひとみ》でイングリスを見ている。

とても可愛らしい。純粋《じゅんすい》な子だ。

そんな風に見られたら、期待に応《こた》えたくなってしまう。

「わたしなんて、まだまだだよ？　だけどアリーナちゃんが楽しみにしてくれるなら、頑張るからね？」

「だめよ、頑張り過ぎたら……早過ぎて見えないんだから、それじゃ見学にならないわ」

「あ、あり得ますね……素手《すで》で魔石獣の群れをかく乱している時点で、イングリス様の動きは早過ぎて、目で追うと首が疲《つか》れてしまうほどですから……あれからますます腕《うで》を上げておられるとなると――」

「そ、そんなに……!?」

「ふふっ……楽しみにしててね？　それよりエイダさん、アリーナちゃんの事で何か困り事はありませんか？　わたし達《たち》に協力できることならさせて頂きたいのですが」

「そうですね。あえて言えば一つ……」

「何でしょう？」

「あたしも協力するわよ！」

「先程《さきほど》もお話ししましたが、アリーナは上級印の持ち主です。下級の魔印武具《アーティファクト》の扱いは簡単に出来るようになってしまいましたが、この子に渡《わた》せる中級以上の魔印武具《アーティファクト》が無いのです。この素質を一番活《い》かすためには、出来れば上級の魔印武具《アーティファクト》を手に入れてあげられるのが一番ですが……ユミルでは、なかなか……」

これもイングリスの普段の環境《かんきょう》のゆえだが、上級の魔印武具《アーティファクト》は通常そんなに簡単に手に入る代物《しろもの》ではない。

魔印武具《アーティファクト》は天上人《ハイランダー》から下賜《かし》してもらう必要があるが、その代償《だいしょう》に献上《けんじょう》しなければならない物資はかなりのものである。

下手すれば村一つ町一つが一年食えるとか、それ程の物である。

ラフィニアの愛用する弓の上級魔印武具《アーティファクト》である光の雨《シャイニーフロウ》も、手に入れるのにビルフォード侯爵《こうしゃく》はかなり苦労をしていた。

「なるほど……それは少々問題ですね」

「お金かぁ……騎士アカデミーから魔印武具《アーティファクト》を借りられればいいんだけど……」

「いや、あれはアカデミーの備品だから。そんな事言ったら誰だって欲しいって言うよ」

「そうよねえ……流石《さすが》にそれはまずいわよね」

「侯爵様は何と？」

「何とか出来ないか考えるとは仰って頂いていますが……ユミルの財政もあまり良くはありませんから」

「うーん……よし、ならば！」

イングリスはぽんと手を打つ。

「その魔印武具《アーティファクト》を少々わたしが預からせて貰っていいですか？」

イングリスが指差すのは、アリーナが持つ戦槌《ハンマー》の魔印武具《アーティファクト》だ。

「ええ、同型がもう一つありますから、それをお預けしましょうか？」

「はい、お願いします！　それと他にも、余っている魔印武具《アーティファクト》があればそれを」

「はい、承知しました」

「どうするの、クリス？」

「ん？　改造だよ？」

イングリスはにっこり笑ってそう応じた。

王都では一連の事態への事後処理がまだ続いているのだが――

この一月あまりで、騎士アカデミーのほうに色々と新たな動きがあった。

イングリスが鹵獲したヴェネフィク軍所有の飛空戦艦《せんかん》の修復。

そして騎士アカデミーへの配備。

新たな有力な教官の採用。

それに、魔石獣化した人間を元に戻すための研究の着手。

飛空戦艦の修復や、研究はセオドア特使の協力も得られている。

特に最後は、セオドア特使としては妹のリンちゃん、すなわちセイリーンを元に戻すためのものでもあり、力の入れようが違《ちが》うだろう。

地上の人間と天上人《ハイランダー》では、その難易度に差があるのかも知れないが、目指す所は同じだ。

ただこれは、困難を極める事になるとは思う。

イングリスより霊素《エーテル》の技巧《ぎこう》に優《すぐ》れる、血鉄鎖旅団の黒仮面がそう言っていたのだ。

魔石獣化した者を元に戻すのは不可能だと。

となると、少なくとも彼《かれ》の技術力を上回るものが必要になって来るはずだ。

が、果たしてそれが可能なのだろうかと言われると、決して断言は出来ない。

イングリスとしても、もちろん協力するつもりはある。

時折ミリエラ校長やセオドア特使の研究室に出入りしているのだが、そこで魔印武具《アーティファクト》の構成技術について学ぶ事も出来た。

流石に何もない所から魔印武具《アーティファクト》を新造する事は難しい。

が、既存《きそん》のものを調整したり改造したりは出来そうだ、という手応《てごた》えは掴《つか》んでいる。

それを今試《ため》してみようという事だ。

「おおお……！　そんな事出来るようになったの……!?」

「うん、校長先生やセオドア特使に教えて貰《もら》ったり、技術書を読ませてもらったから。折《せっ》角《かく》だからやってみるね？　魔印武具《アーティファクト》を強く出来れば、アリーナちゃんの訓練にもいいだろうし」

「わあ……ありがとうクリスお姉ちゃん！」

「助かります、イングリス様！」

イングリスとしては、これまで魔印武具《アーティファクト》自体にはそれほど興味を持って来なかった。

主な注目点は、魔印武具《アーティファクト》の奇蹟《ギフト》で再現可能な便利そうなものを見て学ぶ、という事だった。

物理的な本体については、自分が霊素《エーテル》を込《こ》めてしまうと破《は》壊《かい》されてしまうため、頼《たよ》りにはならないと考えていた。

実際、一度レオーネの黒い大剣の上級魔印武具《アーティファクト》に霊素《エーテル》を浸透《しんとう》させた時は、耐《た》え切れずに破壊されてしまっている。

考えが変わったのは、やはり究極の魔印武具《アーティファクト》たる天恵武姫《ハイラル・メナス》を手にして虹の王《プリズマー》と戦ってからだ。

エリスとリップル、天恵武姫《ハイラル・メナス》の性能はイングリスが思っていた以上に凄《すさ》まじかった。まさに究極という名に相応《ふさわ》しい存在だった。

天恵武姫《ハイラル・メナス》は他と大きく存在が異なるとはいえ、魔印武具《アーティファクト》はそこまでの力を持てるという事だ。

となれば既存の魔印武具《アーティファクト》に調整や改造を施《ほどこ》す事で、イングリスの霊素《エーテル》に耐え得るものが出来ないかを試してみたくなったのだ。

だから機会を見つけては、ミリエラ校長やセオドア特使に魔印武具《アーティファクト》の構造について教えを乞《こ》うている。

目指すは神竜《りゅう》フフェイルベインの竜鱗《りゅうりん》の剣と同等の強度である。

あれはフフェイルベインの鱗《うろこ》をまとめて叩《たた》いて剣の形に成形しただけの急ごしらえだったが、イングリスの霊素《エーテル》を受け切ってくれて、とても良い武器だった。

残念ながら虹の王《プリズマー》との戦いで失われてしまい、代わりも無い。

新しい武器が欲しい所なのだ。

霊素《エーテル》を受け切る強度と、奇蹟《ギフト》の一つでも持たせられれば万々歳《ばんばんざい》という所だろう。

てしまう。

無論エリスやリップル達天恵武姫《ハイラル・メナス》には及《およ》ばないだろうが、イングリスとしては天恵武姫《ハイラル・メナス》を単なる武器だとは思えず、どうしてもエリスやリップルの力を借りるという印象になってしまう。

それは自分自身の武を極めるという事とは、少々違う気がするのだ。

一方、竜鱗の剣やまだ見ぬ強化型魔印武具《アーティファクト》ならば、自分の武器として受け入れる事が出来る。

という事でイングリスはエイダから下級の魔印武具《アーティファクト》を受け取って、一度生家であるユークス邸《てい》に戻り、母セレーナと水入らずの時間を過ごした。

ラフィニアも伯母《おば》イリーナと水入らずだ。

きっと、お見合い相手の誰《だれ》がいいとか、色々話したのだろう。

が――その件に付いてはこちらから手を打つ……！

夜になって、イングリスはもう一度エイダの元を訪ねた。

エイダはユミルの城内にある詰所《つめしょ》で、書類仕事をしている様子だった。

アリーナはもう眠《ねむ》っている時間だろうか。

「エイダさん。失礼します」

「あら、イングリス様……！　どうなさいましたか？　あ、ひょっとして魔印武具《アーティファクト》の改造がもう終わったのですか？」

「いえ、それはまだ……エイダさんにお願いがあって」

「はい、どういったお願いでしょうか？」

にこにことエイダは応じてくれる。

「これを王都におられる侯爵様に届けて頂けませんか？　申し訳ありませんが、出来るだけ早くお願いします」

内容は勿論、ラフィニアのお見合いを止めてくれるように願い出るものだ。

理由についてもきっちり述べている。

今はまだ、虹の王《プリズマー》撃破《げきは》後の国内の情勢が固まってはいない。

例えば、今後のアルカードとの関係改善の程度をどうするか？

アルカード側からの謝罪を受け入れ、穏便《おんびん》に済ませようという者もいれば、カーリアス国王への暗殺未遂《みすい》を理由に、アルカードへ攻《せ》め入り領地を奪《うば》い取る事を望む者もいるだろう。

ヴェネフィクに関しても同じだ。

ロシュフォール率いる騎士団《きしだん》が王都を急襲《きゅうしゅう》してきた事を理由に、ヴェネフィクに攻め入ってもいいし、向こう側からの謝罪とそれなりの賠償《ばいしょう》を前提に、和睦《わぼく》をしてもいい。

こちらもどうするべきか意見の割れるところだろう。

今後王家の方針がどうなって行くのか明瞭《めいりょう》でない時に、虹の王《プリズマー》の討伐《とうばつ》で手柄《てがら》を立てたラフィニアを迎えたいというのは、発言力を増すために政治的に利用する意図が全く無いとは言い切れない。

それに今後の情勢に関してラフィニアの相手側の家と、ビルフォード侯爵とで方針に関する考え方に違いが出る場合、政治的対立相手にラフィニアを取られるような事態になりかねない。

今は縁談《えんだん》をする場合ではなく、慎重《しんちょう》に様子を見るべき——

というような事を滔々《とうとう》と書き記してある。

これはつまり、ビルフォード侯爵に対してこう言えば止められるという入れ知恵《ちえ》をしているわけである。

同じ言葉でも、誰が言うかによってその重さは全く変わって来るのである。

最も効果的な人に言って貰うのだ。

あとは一言、わたしはラニがもう縁談だなんて寂《さび》しいし嫌《いや》です、と本音を書き記しておいた。

同じ父性を以《もっ》てラフィニアを愛する者同士、ビルフォード伯爵《はくしゃく》はイングリスの気持ちを分かってくれるはずだ。そう信じる。

これで上手《うま》く行かなければ、その時は実力行使も検討せねばなるまい。

「はい、分かりました。ではさっそく人を向かわせますね。我々にも少数ですが機甲鳥《フライギア》を与《あた》えて頂きましたから、昼夜を問わず進めばかなり早く侯爵様の元にお届け出来ます。本当に便利になったものですね」

イングリス達の星のお姫様号《スター・プリンセス》を使って貰う手もあるが、それをすると、ラフィニアが星のお姫様号《スター・プリンセス》を使おうとした時に気づかれてしまう。

ここはユミルの騎士団の機甲鳥《フライギア》をお願いするしかない。

「そうですね、ではよろしくお願いしますね？」

「ええ、お任せ下さい」

エイダは笑顔でイングリスを見送って、そして呟《つぶや》く。

「良かったわ。もう少し遅《おそ》ければ、ラフィニア様のお手紙とバラバラに届けなければいけなかったわね」

イングリスが訪《おとず》れる少し前に、ラフィニアも手紙を置いて行ったのである。

10分前——ラフィニアは詰所のエイダを訪れていた。

「エイダ！　お願い、この手紙を王都にいるはずのラファ兄様に届けて欲《ほ》しいの！　出来るだけ急いで……！」

「火急の知らせですか……!?　分かりました、すぐに機甲鳥《フライギア》の支度《したく》を致《いた》しますね」

「うん、ありがとう！　ふふふ……これでクリスも……！」

ラフィニアは如何《いか》にも怪《あや》しげな含《ふく》み笑《わら》いをしていた。

「ど、どういう事ですか、ラフィニア様……？」

「ほら、さっき言ったでしょ？　クリスがわたしを倒《たお》せたら結婚《けっこん》してやる！　って言って、お見合い相手と戦おうとしてるって」

「ええ。そうですね」

「ふっふっふ……クリスってば絶対自分が勝つからって安心してるけど、世の中に絶対なんてないのよ……！」

「と言うと？」

「ラファ兄様よ。ラファ兄様を呼ぶの……！　お見合いでクリスを出来るだけ疲れさせて、最後にラファ兄様に飛び入りして貰ってクリスを倒すの！　そしてラファ兄様とクリスが婚約《こんやく》する！　だってクリスが自分で言ったんだし、武士に二言は無いはずよ！」

「まあ、それは……いいですね！　そうなればこのユミルの将来も安泰《あんたい》です！」

「でしょでしょ？　クリスはあんなだし、ラファ兄様も奥手《おくて》だから、これは考えようによってはいい機会なのよ！」

だからこそ、イングリスがイングリス流のお見合いをすると言い出した時、ラフィニアもそれは強く止めなかった。自分のお見合いを邪魔されるのは勘弁《かんべん》だが。

やはりラフィニアとしては、イングリスが恋《こい》をするならその相手はラファエルがいい。

将来的には結婚して、ユミルを継《つ》ぐラファエルの侯爵夫人になって欲しい。

それに本音を言うと、イングリスがラファエル以外の人間とお見合いをするのは嫌だ。

自分はお見合いに興味があるため、イングリスにするなとは言い辛《づら》いが。

「では、このお手紙は重要ですね！」

「うん！　そうよ！　しっかり頼《たの》むわね！」

「承知致しました！」

そして、ラフィニアは詰所を後にして行った。

翌日から、イングリスとラフィニアは久しぶりの故郷ユミルを満喫《まんきつ》した。

久々に城下町で食べ歩きをしたり。

馴染《なじ》みの仕立て屋に顔を出して、新作の服を着させて貰ったり。

騎士団と一緒《いっしょ》に魔石獣《ませきじゅう》討伐に繰り出してみたり。

それらにアリーナも一緒について来て貰うと、また別の楽しみがあった。

遊ぶだけでなくアリーナの勉強を一緒に見たり、お城の書庫からアリーナが読める本を探したりもした。

そして夜は、イングリスは自室で一人、魔印武具《アーティファクト》の改造である。

そんな日々が、数日間。ゆったりと流れて行った。

――お互《たが》い、エイダに託《たく》した手紙については伏《ふ》せたまま。

◆◇◆

そして数日後――ユークス邸のイングリスの自室。
夜更《よふ》かしをして、イングリスは少々寝坊《ねぼう》をしてしまっていた。

バタン！

いきなり扉が開く。

ダダダッ！

駆けてくる音。

「!?」

イングリスもようやく気付くが、もう遅い。

ぼすっ！

ベッドに飛び込んで来る人影《ひとかげ》。

「ひゃあっ!?」

「おっはよー！　クリス！」

満面の笑みのラフィニアである。

勢いよく走って飛び込んで来られると、重いのだが。

「お誕生日おめでと～！　今日から16歳《さい》だね！」

「ラニ……！」

この痛みも重みも、いち早くそれを言わんがためである。

それを思うと、文句など出ず喜びと笑顔しか出てこない。

「おはよう、ラニ。それから、ありがとう」

「うんうん。よーしじゃあ早速《さっそく》脱《ぬ》いでもらいましょうか！」

と、イングリスの元々薄《うす》い夜着を剝《は》ぎ取りにかかる。

ついでにリンちゃんもイングリスの胸に飛び込んで来る。

「ひゃあぁぁっ!? 止めてラニ……！　な、何……？」

「決まってるじゃない！　お誕生日だから新しい服、作って来たわよ！　って……ん？

また胸おっきくなってる？　サイズ大丈夫《だいじょうぶ》かな？　ちょっとごめんね」


むにむにむにむに……


言いながら必要以上に胸を揉《も》みしだいてくる。

「ええ？　そんな事ないと思うけど……？　別に下着がきつくなったりしてないよ？」

「ん……でしょうね。ちょっと触《さわ》りたかっただけだし」

「ひどい……！　それにちょっとじゃないよ！　もう……！」

ラフィニアはひょいとベットから飛び退《の》いて逃《に》げてしまう。

「まあまあ頑張《がんば》って新しい服を手作りして来たんだから、手数料よ手数料。ほら早く起きてこれを着てみて！　きっと似合うから！」

ラフィニアは可愛《かわい》らしく包まれたプレゼントを手に、機嫌《きげん》良さそうにくるくると回りはじめる。

「うん、分かった」

その様子につられて笑いながら、イングリスもベッドから出た時――

がん！

ラフィニアがベッドの脇《わき》の机に当たって躓《つまず》いてしまう。

「わっ⁉」

「ラニ！」

無論、イングリスはすかさずラフィニアを支える。

だが代わりに、机の上に置いてあった改造中の魔印武具《アーティファクト》が床《ゆか》に落ちてしまった。

沢山《たくさん》広げてあった部品や資材と共に、バラバラと地面に投げ出されて――

ボンッッッッッ！

何と何がぶつかったのかは分からないが、大きく煙《けむり》を立て、それが室内に充満《じゅうまん》した。

一瞬《いっしゅん》で視界が奪われる程だ。

「うわっ⁉　な、何これぇぇぇ……⁉　ゴホッゴホッ……！」

「と、とにかく窓を開けて……！」

煙を逃がして、段々視界も晴れてくる。

「ご、ごめんねクリス……！　あたしのせいで……」

「また作ればいいし大丈夫だよ？　それよりラニ、大丈夫？　どこも痛くない？」

「うん、大丈夫……」

イングリスが差し出した手をラフィニアが握《にぎ》る。

……何だか違和感《いわかん》があった。

手の感触《かんしょく》が普段と違うような。

妙《みょう》にふにふにとしているような。

「「ん？」」

その違和感の正体は、すぐに明らかになる。

見えてきたラフィニアの姿は、ちょうど十年程前、五、六歳の頃《ころ》のものだったのだ。

「「うわぁ！　懐《なつ》かしい！　可愛い！」」

その台詞《せりふ》が完全に一致《いっち》する。

「「え？」」

それも一致。

「「か、鏡っ！」」

鏡の中には、五、六歳のイングリスとラフィニアがいたのだ。

「「えええええぇぇぇぇっ⁉」」

その声まで完全に一致してしまった。

第2章 ◆ 16歳のイングリス　お見合いの意味　その2

そして、イングリスとラフィニアの小さくなってしまった体は戻《もど》らないまま、お見合いの予定の日がやって来た。

「う、うーん参ったわねえ……」

「そ、そうね姉さん……そもそも戻れるのかしら」

そう言う伯母イリーナと母セレーナは、それぞれの娘《むすめ》を膝《ひざ》の上に抱《だ》いていた。

「でもこんな姿になられたら、これはこれで悪くないのよねえ」

「そうね。お見合いには問題だけれど……」

ぎゅ～っと抱きしめられる。

「「ああ、可愛い……」」

二人とも幼児の姿になってしまったイングリスとラフィニアを心配してはいるのだが、それ以上に昔懐かしい娘の姿に喜んでしまい、すぐ膝に入れて抱きしめたがるのである。

もう数日もこの調子である。

まあ気持ちは分かる。

こうなった直後はイングリスも小さくなったラフィニアが可愛過ぎて抱きしめてしまったし、ラフィニアも小さいイングリスを見て同感だったらしく、暫《しばら》く二人で抱き合ってしまった。

さらに鏡の中の自分自身もとても可愛かったので、一人になったら鏡の前で何時間も費やしてしまった。

ラフィニアの用意してくれた誕生日プレゼントの服は、着られなくなってしまったが。

母と伯母を喜ばせてあげられたのはいい事だ。

が、しかし。数日経《た》つのに元に戻らないのは、これは自然には戻らないのだろうか。

イングリスにも良く分からない。

良く分からない状態で改造中の魔印武具《アーティファクト》が爆発《ばくはつ》して、こうなっているから。

魔印武具《アーティファクト》の核《かく》の部分を複数分繋《つな》ぎ合わせるようにして総合的な出力を高め、奇蹟《ギフト》の内容も変えられないか改造を試みていた途中《とちゅう》だった。

目指していたのは、攻撃《こうげき》したものの大きさを変えるような効果だった。

アリーナはまだ十歳で幼い。

魔石獣《ませきじゅう》はともかく、もし人間と戦わねばならなくなった時、相手を小さくすれば命を奪う事なく無力化できるのではないか、と考えた結果だ。

レオーネの黒い大剣《けん》の魔印武具《アーティファクト》は剣自身の大きさを変えるが、それを相手に作用させる事を狙《ねら》ったのである。

それを参考に核の魔素《マナ》制御《せいぎょ》の構成を組《く》み替《か》えようとしたり、隠《かく》し味《あじ》的に霊素《エーテル》を少し注入したりしていた途中だった。

霊素《エーテル》を使っていたのが悪かったのかも知れない。

それで核の部分に過大な負荷《ふか》がかかり、少しの衝撃《しょうげき》で爆発し変異した奇蹟《ギフト》の効果をばら撒《ま》いてしまった、と。

推測できるのはこのくらいだ。

もしこのまま戻らなかったら、ミリエラ校長やセオドア特使に相談して本格的にこの効果を元に戻す方法を検討する必要があるだろう。

だがとりあえず、今は――

「しばらくはこのままで問題ありませんよ。休暇《きゅうか》が終わってもこのままであれば、騎士アカデミーに戻ってから相談してみますので。お見合いはこのままで行えばよいかと。わたしは困りません」

別のこの五、六歳の小さな体でも戦えないという事はない。

多少身体能力が落ち、手足が短くなって直接攻撃の間合いが短くなったくらいだ。

「え～！　あたしは困るわよ、こんな子供だとちゃんとお見合いできないわよ！」

「わたしは戦えるよ？」

「だからお見合いは、戦う前に睨《にら》み合う事じゃないのっ！」

「うーんまあ確かに、子供だとそういう事はやりづらいよね……」

「でしょ⁉　ねえ何とかならないの、クリス……⁉」

「今は難しいかな。ごめんね？」

イングリスはニコッと笑ってそう応じる。

ラフィニアのお見合いが成立しないのは、いい事だ。

ビルフォード侯爵経由で止めて貰う算段もしていたが、これでお見合いどころではなくなるのならばそれでも構わない。

イングリスも幼児の姿になってしまったが、こちらは別にこのままでも戦える。

イングリスに勝てればその先の話をするという話を通して貰っておいたので、挑戦者《ちょうせんしゃ》たちには子供化したイングリスの状態は、むしろ勝機と捉《とら》えられるはずだ。

つまり、直す直せないの問題ではない。

今は直さない。その方が好都合だ。

「クリスってば真剣《しんけん》に考えてないでしょ！　あたしのお見合いが潰《つぶ》れるからって！」

「そんな事ないよ？」

「……まあ、ラファ兄様にとってはチャンスだけど……」

ラフィニアがぼそりと何かを言った。

「ん？　何？」

「なんでもなーい！」

と、そこにエイダが顔を見せた。

「皆様《みなさま》！　お客様がお見えになられました！」

イングリスは母セレーナの膝からぴょんと飛び降りる。

そしてバシッと拳《こぶし》を手に打ちつけた。

「来ましたか……！　エイダさん、敵は何人ほどですか？」

「いや敵じゃないから！　お見合い相手だから！」

「ほんと、昔のセレーナにそっくりだわ……」

「ははは……」

「それが、お客様はお一人で……」

「一人だけですか。少々拍子抜《ひょうしぬ》けですが、後から来て下さるかもしれません。それに一人で乗り込んでくるという事は、腕に覚えがあるという事ですね。どんな方でしたか？」

「ええと腕はお立ちになるでしょうが、お見合いのお相手ではないかと」

「「？」」

では、何だ。

イングリスもラフィニアも首を捻《ひね》る。

「あ、ひょっとしてラファ兄様？」

だとしたら、お客様でもなんでもないが。単なる帰郷である。

「いえ違います。天恵武姫《ハイラル・メナス》のエリス様がいらっしゃいました」

「「エリスさんが⁉」」

何故《なぜ》エリスが来るのだろう？

イングリスたちは早速《さっそく》、エリスの元へ向かった。

◆◇◆

「えええええっ⁉　あ、あなたたちどうしたのよ、その姿は……⁉」

イングリスとラフィニアの姿を見ると、エリスはびっくりして声を上げる。

「魔印武具《アーティファクト》の改造を試していたんですが、失敗して奇蹟《ギフト》が暴走してしまったみたいです」

「だ、大丈夫なの、それは……？」

「ええ。たまには子供の姿も悪くありません。結構楽しんでいますよ。ほら見て下さいこのラニを。とても可愛いです」

「ま、まあ可愛さで言えば……あなたもね。子供の頃はこんな感じだったのね」

「ありがとうございます。それで、どうしてエリスさんがいらっしゃったのですか？　ひょっとしてどなたかの傭兵《ようへい》や代理としてわたしと戦って下さるのですか⁉　では早速手合わせのほうお願いします！」

「違うわよ。どうして私がそんな事をしなければならないのよ……！」

「……では、エリスさん自身がわたしとお見合いして下さるのでも構いませんが！」

「ば、馬鹿《ばか》を言わないで……！　も、もし私が勝ったらあなた、私と結婚する事になるのよ……⁉　そ、そんな事出来るわけがないでしょう……⁉」

　エリスにしては大きく動揺《どうよう》している様子だった。

「まあそのあたりは後で相談するとしてとりあえず手合わせを……！」

「だ、ダメよそんな事……！」

「はいはいクリス！　エリスさんを困らせないの！」

ラフィニアがエリスに手合わせをねだるイングリスを止める。

「じゃあエリスさんの用って何なんですか？」

「え、ええ……私は王家からの要請《ようせい》を伝えるために来ました」

「「王家からの要請……!?」」

伯母イリーナと母セレーナが驚《おどろ》きの声を上げる。

「ええ。今回のこの二人の縁談は見送って頂きたい、と」

「えええっ……!?」

「王家からの通達で、そんな事を……!?」

「カーリアス国王への暗殺未遂。ヴェネフィク軍の王都急襲。それに虹の王《プリズマー》の復活……この短期間で、国内で大きな事件が起き過ぎました。まだ今後の国内の方針も固まらない情勢では、この二人の縁談の影響《えいきよう》が政治的に大き過ぎるという事です。例えば今、二人を娶《めと》った有力貴族が、報復のためにヴェネフィクを討《う》つべしと主張したならば、そちらに大勢の意見が傾《かたむ》くでしょう。それだけの名声が今の彼女達《かのじょたち》にはありますとエリスは伯母イリーナと母セレーナに向かって言う。

「「え、ええ……」」

二人は顔を見合わせた後、表情を引き締《し》めて頷《うなず》いた。

「必要以上の影響を避《さ》けるため、先程《さきほど》も言ったように今の時期の縁談は見送って頂きたいというのが王家の意思です。この事はビルフォード侯爵《こうしゃく》やリューク騎士団長の同意を得た上で、既《すで》にこちらに縁談を持ち込んだ各所にも通達しています。ですから、縁談の相手はやって来ないはずです。事後承諾《しょうだく》になってしまい申し訳ありません」

と、エリスが丁寧《ていねい》に伯母イリーナと母セレーナに向けて頭を下げる。

「……そ、そうですか——承知しました」

「そういう事でしたら、仕方がありません……」

「まあ、ラフィニアもクリスちゃんもこんな状態だし……逆に先方にご迷惑《めいわく》を掛《か》けなくて良かったのかもね」

「そうね、姉さん。だったら暫く、小さくなった二人を楽しんでいていいのかしら」

伯母イリーナと母セレーナは、話し合いながらそれぞれの娘を抱き上げた。

「そうして頂けると助かります……確かに二人とも可愛いですね」

エリスはその様子に微笑《ほほえ》んでいる。

あまり見せない表情だ。

「あーあ。あたしはお見合いしたかったのにぃ～！」

「わたしも国中の精鋭《せいえい》と戦いたかったのに……！」

「「あの手紙がなんで……？」」

　イングリスもラフィニアも口を揃《そろ》える。

「！　あぁっ!?　クリス、何かやったの……!?」

「ラニこそ……！　何かやったんだね……!?」

「あなた達がそれぞれ出した手紙……これがどちらもラファエルの所に届いたのよ。ビルフォード侯爵は重要な会議中で、届けられなかったから」

と、エリスは二通の手紙を取り出す。

片方はイングリスがビルフォード侯爵に宛《あ》てたもの。

もう一つはラフィニアがラファエルに宛てたものだ。

イングリスはラフィニアの方の手紙の内容を見せて貰う。

内容としては、ラファエルにイングリスが自分に勝った者がいたら縁談を進めると言っているから、戻って来て挑戦《ちょうせん》して倒してくれというものだ。

そしてラフィニア自身のお見合いについては書いていない。

下手に邪魔《じゃま》が入らないようにだ。

　まあそれはそれで、イングリスとしてはラファエルと本気の手合わせが出来るのならば歓迎《かんげい》したい所ではある。

「あー！　クリスのこの手紙、エリスさんが言ってる理由そのままじゃない！」

「でも、わたしはラニの方だけ止めてくれるようにお願いしたのに……」

「ラファエルがいきなり予定を変更《へんこう》して休暇が欲しいなんて言うから、ね。その場にいたウェイン王子やセオドア特使もどうしたんだって話になって、手紙を見たら確かにこの時期の縁談は良くないのはその通りだし、お互い相手の事しか書いていないけれど、二人ともに縁談が来ているのは分かったから、両方止めた方がいいという事になったのよ。それでウェイン王子とセオドア特使がカーリアス国王陛下に許可を取って、こういう事になったわ」

「ああ……ラファ兄様でなく侯爵様だけに届いていれば……！」

そうしたら、秘《ひそ》かにラフィニアがラファエルに宛てた手紙を出していたことによって、ラファエルの所に行き先が纏《まと》められてしまったのだ。

知らないうちにラフィニアのお見合いだけを停止してくれたかもしれない。

そして運悪く大事になってしまった。

イングリス一人の縁談ならば、挑戦者を全員叩き伏せて政治利用を許さず手合わせを楽しむ事が出来たのに。

「ラニがラファ兄様に手紙を出すから……！」

「クリスが余計な事を書いたから……！」

イングリスとラフィニアが、それぞれの母に抱っこされながら言い合っていると――

「み、皆様……！　た、たた大変ですッ！」

エイダがこれ以上なく慌《あわ》てた様子で、イングリスたちの元へやって来た。

「エイダさん……!?」

「ど、どうしたの？　そんなに慌てて……！」

天恵武姫《ハイラル・メナス》のエリスが訪ねて来てもそんな驚き方はしていなかったのに。

「ご、ご覧いただければすぐ分かります……！　外に出て、空を見上げてみて下さい！」

「外……空……!?」

「ひょっとして魔石獣かも！」

イングリスは母セレーナの腕《うで》からぴょんと飛び降り、真っ先に駆《か》け出した。

お見合い相手と手合わせできない分、魔石獣くらい来てくれてもいいだろう。

「あっ！　こらクリス……！」

「きっとわたしのために来てくれたんだよ！　強い魔石獣だといいな！」

走り出すイングリスにラフィニアが付いて行くが、体が小さくなった影響か、転んでしまう。

「ひゃんっ！　もぉ～～……！」

それをひょいと抱き上げてくれたのは、エリスである。

「可愛らしくなったのは見た目だけね……！　中身が何も変わってないわ！」

文句を言いながらも、ラフィニアを抱いて付いて来てくれるエリスと共に、中庭にある騎士団の訓練場に出て──

「ん……？」

暗い。屋外のはずなのに、天気も良かったはずなのに。

影《かげ》が訓練場の全体に。いや城全体に、いやユミルの街全体に。

違和感を感じつつ、エイダに言われたように空を見上げる。

そこにはユミルの数倍、いや十倍以上の規模を持つ巨大《きょだい》な浮島《うきしま》が浮《う》かんでいた。

「おおおお……！　あれは……⁉」

「こ、こんな近くで見たのって初めて……！」

「ど、どういう事なの……⁉」

「「天上領《ハイランド》……！」」

その影のせいで、異様なほどに暗かったのだ。

◆◇◆

突如《とつじょ》ユミルの上空に現れた天上領《ハイランド》。

これだけ近くで見ると、凄《すさ》まじい規模と迫力《はくりょく》だ。

「ははは……魔石獣じゃなかったみたいね、クリス……？」

「きっとわたしとお見合いするために来てくれたんだね！」

「いや、そんな筈《はず》がないでしょう……！　でも、どうして……⁉」

エリスも表情に緊張《きんちょう》を漲《みなぎ》らせる。

そこにエイダや母セレーナと伯母《おば》イリーナ達《たち》も合流して来た。

「えええええええっ⁉　ハ、天上領《ハイランド》……⁉」

「ど、どうして天上領《ハイランド》がこんな所に……！」

「と、とにかく迎撃《げいげき》態勢を取ります！　ユミル騎士団は守りに付け――っ！」

集まった騎士《きし》達に指示を出すエイダに、エリスが待ったをかける。

「いえ、待って！　無駄《むだ》よ……！　天上領《ハイランド》が攻《せ》めて来て、守り切れるはずがないわ！　それよりも街の住民を避難《ひなん》させることに全力を！　守りは出来る限り私達がやります！　街を捨てて出来る限り遠くまで逃げて！」

「しょ、承知しました……！　イリーナ様、セレーナ様！　それでよろしいですか⁉」

「え、ええ……天恵武姫《ハイラル・メナス》のエリス様がそう仰《おっしゃ》るのなら……！」

「お言葉に従います！」

「では……！　機甲鳥《フライギア》部隊！　街中に出て住民に避難を呼びかけて！　街の外へ！　出来る限り遠くまで逃げろと！」

「「おおおっ！」」

集まった騎士達が声を上げ、それぞれに散って行く。

「ではイリーナ様、セレーナ様！　お二人もお早く！　機甲鳥《フライギア》でユミルを出ましょう！」

「「いいえ！」」

二人とも同時に首を振《ふ》る。

「私達も残ります！　夫の留守を守るのは妻の務めです！」

「姉さんの言う通りです！」

「イリーナ様、セレーナ様……！」

「ではせめて、城の建物の中へ！　ここは私達に任せて下さい！」

エリスがそう呼びかける。

「イリーナ様、セレーナ様！　エリス様の仰る通りです、中に参りましょう！」

「エイダ！　お母様と叔母様《おばさま》をお願い！」

「母上と伯母上を頼みます！」

「はい……！　さあ――！」

エイダ達が退避《たいひ》して行く。

「……！　何か出てくるわ！」

エリスが空を指差す。

「飛空戦艦《せんかん》……!?」

「す、凄《すご》い数だわ……な、何機いるのかな、1 2 3 4 5 6 7 8 9 10 11……」

それでもまるで足りない程《ほど》の数が、天上領《ハイランド》の本島から飛び出して、地上と天上領《ハイランド》との間に隊列を作った。

実戦的でなく、儀礼的《ぎれいてき》に見栄《みば》えのするように並んでいるように見える。

「うわぁ……天上領《ハイランド》って凄いね！　飛空戦艦があんなに一杯《いっぱい》！　これは倒しがいがありそうだね……！　いいお見合いになりそうだなあ……！」

五歳の姿のイングリスは、まるで美しい花火を見るような澄《す》んだ瞳《ひとみ》で空を見上げる。

大国と言われるカーラリアでも、保有する飛空戦艦はセオドア特使が与《あた》えてくれた聖騎《き》士団《しだん》のものと、騎士《きし》アカデミーに新しく配備されたヴェネフィク軍から鹵獲したものの二機だけだ。

それがざっと見ただけで数十。

一目見て分かる圧倒的《あっとうてき》な戦力差だ。

一体いくつの国をあの艦隊《かんたい》で滅《ほろ》ぼす事が出来るのだろう。

しかもたった一つの天上領《ハイランド》からそれだけの戦力が出てくるのだ。

さらに言うと、あれが全部とも限らない。

「あーもー！　自分が大きかろうが小《ち》っちゃかろうが、相手が虹の王《プリズマー》だろうが天上領《ハイランド》だろうが、クリスはいっつもクリスよね……！」

ラフィニアが頭を抱《かか》えている。

「自分の調子とか相手によって態度を変えるなんて、潔《いさぎよ》くないから……！　わたしはいつ何時誰《だれ》の挑戦でも受ける！」

「あくまで挑戦を受けたら、よ⁉　絶対にこちらから仕掛《しか》けてはダメ！　そんな事をしたら天上領《ハイランド》と全面戦争になってしまう！　この国の未来は無くなるわ！」

「ええ、ですが――先方が母上や伯母上や、このユミルを滅ぼそうとするならば……全力で潰しますよ？　それを止められるのは困ります」

「……うん！　それはクリスの言う通り！」

「――そんな事にならないように祈《いの》るわ……」

　と、一機の飛空戦艦の内部から、機甲鳥《フライギア》と、機甲親鳥《フライギアポート》が姿を現して降下をはじめた。こちらに近づいてくる様子だ。

「機甲鳥《フライギア》と、機甲親鳥《フライギアポート》……!?」

　数は多くない。

　一機の機甲親鳥《フライギアポート》と機甲鳥《フライギア》が複数。

　地上に出回っているものよりも少し外観や大きさが違《ちが》い、やや大型だろうか。

　そしてその少数の編隊は、特に攻撃を仕掛けてくる事も無いまま、イングリス達のいる中庭の訓練場まで降下し着陸する。

　そしてそこから降りて来たのは、顔まで覆《おお》い隠す揃いの鎧兜《よろいかぶと》に身を包んだ兵士達と、ぴしりと整った執事服《しつじ》に身を包んだ白髪《しらが》の男性だ。天上人《ハイランダー》である事を示す聖痕もある。

　温和そうな表情で、聖痕を除けば単なる老紳士《ろうしんし》のようで、物々しい他の兵士達からは完全に浮いていた。

　老紳士の天上人《ハイランダー》はイングリス達の前までやって来ると、深々と丁寧にお辞儀《じぎ》をする。

「失礼。イングリス・ユークス様はこちらにおられますかな?」

　と、エリスに向かって尋《たず》ねる。

イングリスが若い女性だという事は耳に入っているという事だろうか。

イングリスとラフィニアは子供の姿なので、若い女性の見た目をしているのはエリスしかいない。

「い、いえ私は……イングリスは彼女《かのじょ》です」

と、イングリスを指差す。

「わたしに何か御用《ごよう》でしょうか？」

「ほ？　これは随分《ずいぶん》とお若い……」

と、老紳士の天上人《ハイランダー》は驚いたように目を見開く。

が、すぐににこやかな表情に戻った。

「私はカラルドと申します。どうぞお見知りおきを」

「イングリス・ユークスです。ご丁寧にどうもありがとうございます。それで、どういったご用件でしょうか？」

と、イングリスも丁寧にお辞儀を返してから、尋ねる。

「ええ、あれをご覧ください」

と、老紳士カラルドは頭上に浮かぶ天上領《ハイランド》を手で差す。

「あれなるは武公様の本拠《ほんきょ》島リュストゥングに御座《ござ》います」

「武公……⁉　天上領《ハイランド》の三大公が自ら動いているというの⁉」

エリスの顔に緊張が走る。

「ご存じなのですか？　エリスさん？」

「……天上領《ハイランド》には三大公派と教主連合の二大派閥がある事は知っているでしょう？」

「ええ。セオドア特使は三大公派ですよね？　その前のミュンテー特使も」

そしてミュンテー特使の時代から、魔印武具《アーティファクト》に加えて機甲親鳥《フライギアボート》や機甲鳥《フライギア》が下賜《かし》されるようになって来ているのである。

セオドア特使はウェイン王子と元々親交がある事もあり、その流れを一層強める方向に動こうとしている。

「ええ、そうよ。三大公とは技公、法公、武公の名を冠《かん》する三人の天上人《ハイランダー》のこと。つまり天上人《ハイランダー》の頂点に立つ者のうちの一人よ……！」

「おお……！」

「ええ……⁉　つ、つまりセオドア特使よりももっと偉《えら》い人だって事ですよね……？　ど、どうしてそんな人が……⁉」

目を輝《かがや》かせるイングリスに、怯《おび》えるラフィニア。

それを見てカラルドは好々爺《こうこうや》の笑《え》みを浮かべる。

「それだけご理解頂ければもう十分でしょう」

二、三度頷くと、視線を巨大な天上領《ハイランド》に向ける。

「皆様、少々揺《ゆ》れますのでご注意を」

カラルドがそう言うと、この訓練場の丁度真上の天上領《ハイランド》の底面にある隔壁《かくへき》の一つが開き

——そこから、何かが飛び出て来た。

「「……人⁉」」

機甲親鳥《フライギアボート》にも機甲鳥《フライギア》にも乗らず、単身そのままで空に飛び出している。

当然落下する。

ぐんぐん加速度がつく。空を切るような轟音《ごうおん》が立つ。

豆粒《まめつぶ》くらいの大きさから少しずつその姿が大きくなってくると、その人物が腕組《うでぐ》みした仁王《におう》立ちのまま、微動《びどう》だにせず落下してくるのが分かる。

「たのもおおおおおおおおぉぉぉうッッッ！」

ドガアアアアァァァァァンッ！

大声。着地。轟音。確かにカラルドの言う通りに揺れた。

あんな高い位置から飛び降りてくるものだから、衝撃で訓練場の石床《いしどこ》が大きく陥没《かんぼつ》し捲《まく》れあがっている。通常の人間なら即死《そくし》しているだろうが、全く平気そうだ。

腕組みしたまま飛び降りて来たその人物は、炎《ほのお》のような真っ赤な長い髪《かみ》をした、筋骨隆々《りゆうりゆう》の男性だった。

見た目の年齢《ねんれい》は二十代中頃《なかごろ》だろうか。

顔立ちは美しいと言える程整っているのだが、本人にはそういう事に拘《こだわ》りが無いのか、身なりや着こなしは適当なものだ。

それも逆に、本人の立派な体格を引き立てる結果になっているかもしれないが。

明らかに鍛《きた》えに鍛え抜《ぬ》かれた強靭《きようじん》な肉体をしている。

「武公ジルドグリーヴァ様に御座います」

老紳士カラルドが恭《うやうや》しく一礼する。

「こちらがイングリス殿《どの》に御座います」

「ほう……？　だが見た目なんぞ関係ねぇ、要は力よ！　ここに来れば天恵武姫《ハイラル・メナス》を振るい、虹の王《プリズマー》を討った強者と戦えると聞いたぜ⁉　まさか天上人《ハイランダー》との見合いは受けんなどとは言わねぇだろうな⁉」

武公ジルドグリーヴァは、肩書《かたがき》に見合わない随分砕《ずいぶんくだ》けた口調だった。

顔立ちとニカッと明るい笑みは爽《さわ》やかなのだが、少々暑苦しくもある。

「「う……うわぁ」」

ラフィニアとエリスが、声を揃えて複雑そうな顔をする。

思ったのだ。まるで誰かを見ているみたいだ、と。

「い――――！」

「うん……？　嫌《いや》だと……？　ならこっちにも考えが――」

「いらっしゃいませ！　ようこそおいで下さいました！　ではお相手致《いた》します！」

イングリスは目をキラキラと輝かせ、即座《そくざ》に戦闘《せんとう》の構えを取る。

最上位の天上人《ハイランダー》が自ら出向いて戦いを挑《いど》んでくれるなど、願っても無い！

断るなどあり得ない、早速手合わせだ。相手の気が変わらないうちに。

他の相手に来て貰《もら》えなかった分、楽しませて貰おう。

「おぉ話が早ぇえじゃねえか！　助かるぜさぁ来い！　幼女！」

武公ジルドグリーヴァも喜色を表情に出して構えを取る。

「はいっ！　ではっ！」

ジルドグリーヴァは一部の隙《すき》も無い、一見して分かる見事な構えだ。

こういう時は隙など窺《うかが》わない。

――真っ向から、突《つ》っ込《こ》む！

イングリスはジルドグリーヴァに向けて真っすぐ突進《とっしん》。

五歳《さい》の小さな拳を、思い切り振り抜いて繰《く》り出す。

それに合わせるように向こうの大きな拳も繰り出され――

「はあぁぁぁぁっ！」

「よっしゃあぁぁっ！」


ドゴオオオオオォォォンッ！


轟音が響《ひび》き空気を震《ふる》わせる。

「ははは……で、出会って十秒くらいなのにもう戦ってる……」

「に、似た者同士というやつね……どこにでもいるものなのね――」

まさかそれが最上級の天上人《ハイランダー》だとは思いもしないが。

「ま、まあでもユミルが侵略《しんりゃく》されるとかよりはいいですよね……？」

「そ、そうね……それにしても、虹の王《プリズマー》が倒《たお》された話を聞いて、あの子の事を調べさせていたのかしら……？　それで今回の話を知ったと――」

いくら王家からの通達と言っても、天上領《ハイランド》の三大公に届くはずは無いし、届いたところで意味は無い。立場は圧倒的に天上領《ハイランド》側の方が上だ。

「ほっほっほ。さよう、武公様は常に戦うに足る強者を求めていらっしゃいます。お一人で延々と修行《しゅぎょう》を繰り返しなさるのも結構ですが、その成果を確かめ合う好敵手の存在は何より貴重。イングリス殿の噂《うわさ》を聞き、いても立ってもいられずすぐにこちらにお伺《うかが》いした次第《しだい》です。いやあ楽しそうで何より何より」

「「ははは……」」

完全にどこかで聞いたような台詞《せりふ》である。

ラフィニアもエリスも、呆《あき》れ気味《ぎみ》に乾《かわ》いた笑いを浮かべていた。

そんなラフィニア達の目の前で、イングリスと武公ジルドグリーヴァは激しく拳を打ち合っていた。

ドゴゴゴゴゴゴゴゴゴゴゴゴッ！

轟音を立てて何度も繰り返しぶつかり合う幼い拳と武骨でがっしりした男の拳。

見た目通りと言うか、少々押《お》されているのはイングリスだった。

段々と威力《いりょく》で押され始め、拳と拳の衝突点《しょうとつてん》が目の前に近づいてくる。

やがてあちらの拳に拳を合わせる事が間に合わず、腕を組んで防御《ぼうぎょ》するしかなくなる。

小さな両腕《りょううで》の防御の上を武公ジルドグリーヴァの拳が叩《たた》き、イングリスの体は大きく後方に圧されて後ずさりする。

「さすが……！　重い拳ですね！」

例え自分の体がきちんと今の、16歳のものだったとしても圧されていただろう。

「どうしたぁ⁉　虹の王《プリズマー》を倒した奴《やつ》がそんなもんじゃねえよなぁ⁉」

言いながら、武公ジルドグリーヴァは追撃《ついげき》をかけてくる。

「さあ、どうでしょうか……⁉」

にやりと笑みを浮かべながら、超重力《ちょうじゅうりょく》の魔術《まじゅつ》の負荷を解く。

そして追撃の拳にこちらの拳を合わせる。

ドゴオオオオオォォォンッ！

今度は若干《じゃっかん》、イングリスが押した。

「せっかくお越《こ》し頂いたのですから、ご満足頂けるおもてなしをご用意したいものですが

「……！」

「なるほど！　いいねぇ！」

二、三歩後ずさりをしながら、にやりと笑みを見せる。

あちらも、こちらが虹の王《プリズマー》を倒したと知っての来訪だ。

天上人《ハイランダー》のそれも最上級格の三大公の一員に、イングリスと政略結婚《けっこん》してどうとか、カーラリアでの影響力《えいきょうりょく》をとか、そんな小賢《こざか》しい目的があるはずがない。

完全にイングリスの力を見込《みこ》んで、戦うために来てくれたのだ。

ならば、虹の王《プリズマー》を倒した者と戦うに相応《ふさわ》しい実力を武公ジルドグリーヴァは備えているはず。

まだまだ、こんなものではないはずだ。

イングリスがまだ完全な全力を出していないのと同じだ。

「さぁ次はそちらの……！」

力を見せて頂きたい……！

「おうよ、見てなあぁぁッ！」

話が早くて助かる。

ボゴォォォォッ！


武公ジルドグリーヴァの筋肉が異様に盛り上がり、発達して行く。

腕も足も腰《こし》も胸板《むないた》も、五割増しくらいに膨《ふく》れ上がったように見える。

「おお……！　いいですね！」

「そらあああぁぁぁっ！」

見るからに力が増したように見えるが、実際にその力は桁外《けたはず》れだった。


ドゴオオオオオォォォンッ！


真っ向から打ち合うと、今度は全く押さえきれずに弾《はじ》かれた。

「っ⁉」

イングリスの体は、物凄《ものすご》い勢いで吹《ふ》き飛ぶ。

あっという間に訓練場の壁《かべ》に激突《げきとつ》しかける。

その寸前に――

「はあああぁぁぁっ！」

霊素殻《エーテルシエル》！

直後、壁は爆発《ばくはつ》したように崩《くず》れ落ちる。

が、それはイングリスが叩きつけられたのではない。

イングリスがそれだけの威力で壁を蹴《け》ったからだ。

霊素《エーテル》の波動に身を包みつつ、体勢を立て直し反転したのだ。

「おおおおぉぉっ!?」

吹き飛ぶ速度より早く目の前に戻《もど》ってきたイングリスに、武公ジルドグリーヴァは目を見開く。

その瞬間《しゅんかん》イングリスは、既に蹴りを振りかぶっていた。

あちらも即座に、腕を組んで防御姿勢を取る。

反応が間に合ったのは流石《さすが》だ。

霊素殻《エーテルシエル》を発動したイングリスの動きは、天恵武姫《ハイラル・メナス》や同じ天上人《ハイランダー》の重鎮《じゅうちん》である大戦将《アークロード》のイーベルですら反応できない程なのに。

ドゴオオオオオォォォンッ！

今度は物凄い勢いで吹き飛ぶのはあちらの番だ。

「はははははははっ！」

嬉《うれ》しそうに笑いながら、物凄い勢いで吹き飛んで行く。

ボゴオォォォッ！

吹き飛びながら更《さら》に筋肉が肥大化し、五割増しに体が大きくなる。

「ふふふふ……っ！」

それを見て、イングリスも嬉しそうに笑みを漏《も》らす。

まだ上がある。楽しませてくれる！


ドガアァァンッ！


それは、武公ジルドグリーヴァが壁を蹴り壊《こわ》す音だ。

反転して突っ込んでくる速度は、先程のイングリスと同じく吹き飛ぶ速度より上だ。

「どぅりゃあああああぁぁぁっ！」

「はあああああああぁぁぁぁっ！」

巨木《きょぼく》のような武公ジルドグリーヴァの蹴りと、小枝のような幼児の姿のイングリスの蹴り。両者が交錯《こうさく》し、威力の余波が衝撃波《しょうげきは》として拡散する。

「ひゃんっ⁉」

それに打たれたラフィニアがこてんと転んでいた。

訓練場の壁が軋《きし》み、植木の枝が揺られて折れた。

更に体勢を立て直した両者の激しい打ち合いが、訓練場や城全体を揺るがし始める。

「……互角《ごかく》ね――――！」

ラフィニアを助け起こしつつ、衝撃《しょうげき》に髪を揺らしながらエリスは言う。

「もう殆《ほとん》ど見えないです……っ！」

「安心しなさい。私も大して変わらないわ……見えるだけで、反応できるかと言われると……ね。だけどあの子が、天上領《ハイランド》の大公とまで互角に戦えるというなら……」

世界を変え得るのかも知れない。と、エリスは思う。

イングリスにはまだ天恵武姫《ハイラル・メナス》である自分やリップルを使って戦力を増す事も出来るのだ。

その増強の度合いは、半端《はんぱ》ではない。

今より更に比べ物にならないほど強くなるだろう。

武公ジルドグリーヴァもまだ全力でないであろうとは言え、イングリスが全く通用しない、勝てないとも思わない。

だとしたら――

イングリスは最上級の天上人《ハイランダー》をも倒し得るというのなら。

エリスの思っていた世界。

地上の国や人々は、多少の無法や理不尽《りふじん》は飲《の》み込んで、天上領《ハイランド》に従属する他に生きる道は無いという世界は、実は違うのかも知れない。

イングリスは聖騎士とは違う。

天恵武姫《ハイラル・メナス》を振るっても命を失う事は無い。

その力を天に向ける事も、不可能ではないのだ。

「互角だったら……何かいい事があるんですか？」

ラフィニアがエリスの言葉の続きを待っていた。

まさか天上領《ハイランド》とも戦い得ると口に出すわけにもいかない。

「いえ、まあいい相手と戦えて何よりねって」

伝令役としてここに来たのは、任務の都合による完全な貧乏《びんぼう》くじだったが、この戦いを見られたのは良かったかも知れない。

自分達《たち》と天上領《ハイランド》の力の差が、最強の戦力と言う意味ではそう変わらない。いやむしろこちらが上回るかも知れないという事が分かった。

これはとても大きな発見だろう。

セオドア特使をはじめ三大公派はカーラリアにとってはある程度友好的であるため、事を構える必要は感じないが、だが、知っておくのは無駄にはならない。

「何よりじゃないですよぉ！　このままじゃ城が壊れちゃう！」

「ははは……それはそうかもね」

「ほっほっほ。そうなればお詫《わ》びは致しますのでご容赦《ようしゃ》を。武公様のあれほど楽しそうなご様子も何十年ぶりか分かりませんので、是非《ぜひ》このまま心行くまで戦闘行為《せんとうこうい》を堪能《たんのう》して差し上げますようお願い致します」

老紳士カラルドの言う通り、武公ジルドグリーヴァは弾幕《だんまく》のように拳《こぶし》を繰り出しながら哄笑《こうしょう》する。

「はははははははっ！　やるじゃねえか！　幼女ぉ！　名前は何つったか？」

「イングリス・ユークスと申します」

イングリスも拳を無数に繰り出しながら応じる。

「おう！　俺《おれ》はジルドグリーヴァ！　天上人《ハイランダー》だ！　三大公だ武公だなんだと言われちゃいるが、戦のねえ天上領《ハイランド》じゃあ、武力担当なんざ冷や飯食いの窓際族《まどぎわぞく》よ！　おかげで自分の修行に専念できるわけだが、たまにゃあ実戦で成果を試《ため》したくてな！　悪いが邪魔させてもらったぜ！」

「邪魔などと、とんでもありません！　先程《さきほど》も申し上げましたが、ようこそおいで下さいました！」

「はっはは！　いいねぇお前とは話が合いそうだ、イングリス！　さすが天恵武姫《ハイラル・メナス》を使って虹の王《プリズマー》を倒したなんてぶっ飛んだ奴は、頭の中もぶっ飛んでるな！　だってそうだろ……!?　天恵武姫《ハイラル・メナス》を使って生きてる事が、もう異常だからな……！　それにこんな幼女とは、見た目までぶっ飛んでやがる！」

「姿のほうは少々事情がありますが、概《おおむ》ね間違《まちが》ってはいませんね！」

「お前を倒せりゃ、俺も虹の王《プリズマー》を超《こ》えられたってわけだ！　そういう奴がいるのは助かるあな！」

「自ら虹の王《プリズマー》に挑戦《ちょうせん》はなさらないのですか？」

「してえのは山々だが、俺も天上人《ハイランダー》だからな、あれにゃ近づけねえわけよ。魔石獣化《ませきじゅう》しちまったらマズいだろ？」

「ああ、なるほど……！」

「仲間の天上人《ハイランダー》に喧嘩《けんか》売るわけにもいかねえし、お前みたいなのを待ってたぜ俺は！　生まれて来てくれてありがとさん！」

「こちらこそ！」

ドゴオオオオオオオォォォォオンッ！

これまでで最大の衝撃波が、またラフィニアをこてんと転ばせた。

見かねたエリスはラフィニアを抱《だ》き上げて、そのまま抱っこしている事にする。

「わっからねえ！　こんなちっこい体で俺と互角に殴《なぐ》り合ってるのに、魔素《マナ》も奇蹟《ギフト》も感じねえとは、意味不明だ！　体は光ってるから何かあるはずなのに、それが何かが分からねえ！　だがそこがおもしれえ！　はははははっ！」

それはイングリスが霊素殻《エーテルシエル》を使っているからなのだが、武公ジルドグリーヴァには霊素《エーテル》を感知する事が出来ないからだろう。

だがその疑問は、こちらも同じ事だった。

武公ジルドグリーヴァには、何の魔術も発動しているような形跡《けいせき》がないのである。

例えば大戦将《アークロード》のイーベルは魔素精練《マナ・リファイン》なる技術で高出力の魔術を行使して戦闘を行っていた。

他の天上人《ハイランダー》も戦闘には魔術を使っていた。

天上人《ハイランダー》は地上の人間より遥《はる》かに強い魔素《マナ》で、魔印武具《アーティファクト》など必要とせず魔術的《まじゅってき》現象を操《あやつ》る種族のはず。

武公ジルドグリーヴァにはそれを感じない。

いくら5、6歳の幼児の体になったとはいえ、こちらは半神半人の神騎士《デイバインナイト》である。

しかも霊素殻《エーテルシエル》を発動して、大幅《おおはば》に身体能力を引き上げている。

それとまともに殴り合っているこの状態。

それが彼《かれ》の場合、何の魔術的現象も無くそうしているように感じる。

つまり単に彼の体が強靭だから——のようにしか思えないのである。

これは逆に驚異的《きょういてき》な事だ。

そんな事があり得るのだろうか。

あの神竜《しんりゅう》フフェイルベインですら、竜理力《ドラゴン・ロア》を駆使《くし》しなければイングリスとまともに殴り合う事は出来なかっただろうに。

「ふふふっ……わたしもあなたが何の魔術の助けも借りず、単に肉体のみでわたしと殴り合っているようにしか思えません……！　おもしろいですね……！」

「ふふん、何も面白《おもしろ》い事なんかねえぞ⁉　いいメシ食って鍛えまくるだけだ！」

つまり何か秘密の食べ物と鍛錬《たんれん》方法があるという事だろうか。

「おお……？　ではわたしにも出来るでしょうか⁉」

「ほう……⁉　お前こんな筋肉ダルマになりたいか⁉　まあ別に止めやしねえけどな！」

「……た、確かに少々見た目は難がありそうですね」

ちょっと想像した。

まあ正直言って怖《こわ》い。今の幼い姿でも、普段《ふだん》のイングリスの姿でも。

強くはなりたいが、可愛《かわい》い服が着られないのは困る。

「うーん、クリスがあんな風にムキムキ……うーん……可愛くないなあ」

「そうね、そして私やリップルを使われると……ちょっとね……」

ラフィニアもエリスもイングリスと同じような表情をしている。

「ほっほっほっほっほっほ」

老紳士カラルドは笑みを見せるだけで逆に何の感情も読み取れない。

「ですがお見受けした所、ある程度形態は使い分けられそうに思えますが……であればやはり一度試してみたい気はしますね……」

「ふふん。つまり最終的にこんな筋肉ダルマじゃなきゃいいなって事だろ？　俺もこれが最後とは言ってねえぜ？」

「おお……⁉　本当ですか⁉」

「見たいか？　ん？　付いてこられるか、イングリスよぉ？」

「ええ――是非ッ！」


ドゴゴゴゴゴゴゴゴゴゴゴゴゴッ！


会話を交《か》わしながらも当然、イングリスと武公ジルドグリーヴァは激しく拳や蹴りの応《おう》酬《しゅう》を繰り返している。

「よっしゃ、見てろよ……！」

武公ジルドグリーヴァは一旦《いったん》手を止め、軽く跳躍《ちょうやく》してイングリスから距離《きょり》を取る。

そしてこちらを見て、にやりと楽しそうに笑う。

「くっくくく……まさかこれを出して戦えるとはなぁ……！　ありがてぇありがてぇ！

悪いな、力をちまちま小出しにしちまってよ……！　これも性分《しょうぶん》でな……！」

「その気持ちは、分かりますよ。相手の力を全《すべ》て受け止めて、その上で勝つ……！　それが自分自身も最も成長出来る戦い方ですから。相手の力も見極《みきわ》めないままいきなり全力をぶつけて捻《ね》じ伏《ふ》せても、それでは成長もありませんし興も削《そ》ぎます。ですから段階的にじっくりと――どんな戦いにも、自分自身の成長を求めなければなりません」

　イングリスが笑顔《えがお》でそう述べると、武公ジルドグリーヴァは我《わ》が意を得たりとばかりに、パッと明るい笑顔を浮《う》かべる。

「オマエは俺か！　そうだよその通りだ！　なんて話の分かる幼女なんだ！　こんなに楽しいのはほんっっっっっと何十年ぶりだろうな⁉　はははははっ！　よーしじゃあいくぜ！　よーく見てろよ！　うおおおおおぉぉぉぉぉぉおっ！」

　ボゴオォォォッ！　メギメギメギメギメギメギィィィ――――ッ！

　筋肉が更に膨らんだかと思うと、一転して捻じ曲がるように蠢《うごめ》きながら腕《うで》や足に巻き付いて、収縮して行く。

　そう思うとまた更に筋肉が膨らみ、またギュッと巻き付くように収縮して行く。

　首や腕、胸や腹や、脚《あし》や足、全身全てにそのような異様な蠢動《しゅんどう》が発生する。

　特に背筋の動きの異様さが顕著《けんちょ》で、隆起《りゅうき》した筋肉が捻《ねじ》れながら細長く伸《の》び、骨のように硬質化《こうしつか》して行った。

　それが何本も折れ曲がりながら更に伸びて、骨組みのようになって行く。

　そして骨組みと骨組みを繋《つな》ぎ合わせるように薄《うす》い膜《まく》のようなものが張る。

「……翼《つばさ》……!?」

そのようにしか見えない。

筋肉がギュッと収縮されてそんなものに変質するとは、中々非常識な体だ。

天上人《ハイランダー》に地上の人間と同じ常識を当てはめようとするのが間違っているのかも知れないが。

「中々便利な体をしていらっしゃいますね」

「がっはははははは！　マジになって体を鍛えりゃ、翼くらい生えらぁ！」

中々無茶《むちゃ》な事を言う。だが、中々面白くもある。

「ふふふっ……中々面白い事を仰《おつしや》いますね。流石に真似《まね》できそうにありませんが」

ともあれ翼が生えた以外は筋肉がより凝縮《ぎようしゆく》して収縮。

体の大きさはむしろ小さくなっていた。事前の宣言通りではある。

極《ごく》圧縮されて体に巻き付いた筋肉は翼の骨組みと同じように硬質化していて、まるで鎧《よろい》のように武公ジルドグリーヴァの表皮を覆っていた。

それと共に彼の発する迫力《はくりよく》や威圧《いあつ》感というものが更に強烈《きようれつ》になった。

魔素《マナ》や霊素《エーテル》のように明確なものでは無いが。

「まぁ真面目《まじめ》な話、俺等の御先祖《ごせんぞ》には翼でもあったんじゃねえかぁ？　ガンガン体を鍛えた事によって、退化したモンが活性化して先祖返りしたってな？　どっちかつーと俺達《おれたち》天上人《ハイランダー》は技術重視の運動不足の種族だからな……！　使わねえもんは退化するもんだわな……！」

「なるほど……機甲親鳥《フライギアボート》や機甲鳥《フライギア》のような便利なものがあれば、自分の翼は使わなくなるものかも知れませんね。何であれ自分の体を使うのは疲《つか》れるでしょうし」

「もっと便利なモンもあるがな、まあその通りだ……！　さあやろうぜぇ、イングリス……！　これを見せるのはお前が初めてだ……！　くっくっくっくっ、どれ程《ほど》の物か俺にも良く分からねえ！　悪いが実験台になってくれや……！」

「悪くなどありませんよ、喜んで！」

「ありがとよ！　じゃあ行くぜ――――！」

「ええ――！」

「ちょっと待ってえぇぇぇぇぇぇっ！」

と、悲鳴に近い声を上げたのはラフィニアだ。

「？」

イングリスも武公ジルドグリーヴァも、きょとんとしてラフィニアを見る。

「これ以上ここで戦ったらお城が壊れるから、街の外でやって欲《ほ》しいんですけど……!?」

既《すで》に訓練場の壁の二か所はイングリス達が蹴ったせいで大きく崩れ、撒《ま》き散らされた衝撃波であちらこちらが軋んでひびが入っている状態だ。

足元の石床も凸凹《でこぼこ》になっている。

一番大きいのはあちらが最初に飛び降りて来た時の穴だが。

「おう……！　そうかそうか。そいつはいけねぇ、じゃあほら乗れよ、街の外行くぞ！」

と、身をかがめて自分の首元に乗れと促《うなが》して来る。

折角《せっかく》なので、お言葉に甘《あま》える事にする。

「では失礼します、武公ジルドグリーヴァ様」

イングリスは武公ジルドグリーヴァの右肩《みぎかた》にぴょんと飛び乗る。

「はっはは！　長くて呼びづれぇだろ？　戦いの最中に舌を噛《か》んじゃいけねえ、適当に略せよ？　ジルでも武公でもジル兄貴でもジルニキでも何でもいいからよ！」

「そうですか、ではジル様のお言葉に甘えます」

イングリスは微笑《ほほえ》みながらそう応じる。

本当に天上人《ハイランダー》の最上位の一角と言う立場に見合わない気風の良さである。

これは為政者《いせいしゃ》と言うよりも完全に武人、武芸者の振る舞《ま》いだ。

残りの三大公、エリスが言っていたのは技公と法公だったはずだが、そちらが統治の面を引き受けてくれているのだろう。
だから武公ジルドグリーヴァは、有事に備えて己《おのれ》を磨《みが》き続ける武人のままでいられると
いう事だ。
同胞《どうほう》の頂点、つまり国王のような立場にありながらそれが許されているのは羨《うらや》ましい。
前世のイングリス王は統治に忙殺《ぼうさつ》されて、自分の武を突き詰《つ》める時間が無かった。
もし自分も彼のようであれば、やりたいだけ己の武を極《きわ》めて、転生を願わなかったかも
知れない。
――それはそれで問題がある気はする。
あそこで満足していたら、イングリス・ユークスとしての人生が無いからだ。
可愛いラフィニアに出会う事も出来なかった。
着飾《きかざ》った世にも美しい自分を鏡に映して、思う存分眺《なが》め続ける事も出来ない。
それは、とても由々《ゆゆ》しき問題である。
イングリス・ユークスとしての人生は、最初こそ女性であった事に戸惑《とまど》ったが、いざ生
きてみるととても楽しいのだ。
それにジルドグリーヴァとしては、有事に備えて修行を繰り返しているものの、その有
事があまり起きず、実戦の機会が少ないというのが悩《なや》みのようである。

地上の人間にとっては、世界は常に魔石獣《ませきじゅう》の脅威《きょうい》と天上人《ハイランダー》の圧政に苦しめられる情勢だ。

が、立場を変えて天上人《ハイランダー》の視点から見ると、世界は特に大きな脅威も争いも無く、常に安定した物資を地上から得られる平和な状態なのだろう。

それを考えると、やはり実戦の機会の多い危険な世界で、身軽な一兵卒として常に最前線に立ち続けるのが一番いい。

つまり今のイングリスの状態だ。

今持っている近衛騎士団《きしだん》長の肩書も、臨時の非常勤とはいえいずれは返上したい所だ。

「しっかり掴《つか》まってろ！　落ちるなよ！」

イングリスを肩車《かたぐるま》したジルドグリーヴァは、強く翼をはためかせる。

——景色が、一変する。

あっという間に、訓練場やユミルの街の光景が滑《すべ》って流れて飛んで行く。

そして周囲は一面の優《やさ》しい緑。ユミル郊外《こうがい》の草原の光景だ。

途轍《とてつ》もない速度である。

まるで神行法《ディバインフィート》で瞬間的《しゅんかんてき》に距離を飛んだようにも見えるが、そうではない。

ゴオオオオオウウウウウウゥゥゥゥウッ！

遅《おく》れて来た、風を突き抜ける轟音。

訓練場から街中、それにユミル外郭《がいかく》の防壁《ぼうへき》まで、猛烈《もうれつ》な衝撃波が吹き飛ばして半壊《はんかい》していた。

「……おっと早過ぎちまったか。いかんいかん！　がっはっははははは！」

「……今のはジル様のせいですから、私は悪くありませんよ？　ラニは怒《おこ》ると怖いので、ジル様が怒られてくださいい。先程わたし達を止めていた子です」

「お、おう……!?　お前がビビるなんてよっぽどだな……？」

「ええ。わたしは全くラニには逆らえませんので」

それくらいラフィニアの事が可愛いからだ。

可愛いは正義、というやつだろうか。

しかも今はラフィニアも五歳くらいの体になり、懐《なつ》かしい姿を見せてくれている。

思い出が可愛らしさをより加速し、普段より余計にラフィニアの言う事を聞いてあげたくなるのである。

「さあ、ではここで思う存分手合わせを致しましょう……！」

イングリスは武公ジルドグリーヴァの背から飛び降り、小さな体で構えを取る。

「竜理力《ドラゴン・ロア》っ……！」

白く半透明《はんとうめい》な竜の力の塊《かたまり》も、小さくなったイングリスの体に合わせて、子供の腕を象《かたど》っている。円を描《えが》くように両手を動かすと、半透明の手も少し遅れてそれに追従する。

まるで手が四本になったかのような動き。だがこれではいけない。

「む……っ！」

意識を集中。

竜理力《ドラゴン・ロア》の動きを早め、完全に腕の動きと一致《いっち》するように操る。

腕が四本ではなく、二本の腕が白い防護膜を纏《まと》っているように見えるようになった。

イングリスが神竜フフェイルベインから授《さず》かった竜理力《ドラゴン・ロア》は、自分の肉体や武器を模し、その動きに追従して動かす事の出来る力だ。

例えばこれを発動しつつ剣《けん》による乱撃《らんげき》を繰り出すと、本体の動作に沿った竜理力《ドラゴン・ロア》も斬撃となり、手数が圧倒的《あっとうてき》に増すという効果が見込める。

しかしここは敢《あ》えて動きを追従させるのではなく、動きを完全に重ねるのだ。

そうする事により、手数は減るものの一撃一撃《いちげきいちげき》の威力を上乗せする事が出来る。

これは竜理力《ドラゴン・ロア》の制御《せいぎょ》技術が向上した結果だ。

竜理力《ドラゴン・ロア》は意外と霊素《エーテル》に比べれば制御がし易《やす》く、こんな応用も効くようになった。

だがこの技術は、単に手数重視か一撃《いちげき》重視かの切り替《か》えのためのものには留《とど》まらない。

イングリスは両の拳をぐっと握《にぎ》り、剣を抜《ぬ》き放つ寸前のような姿勢で左右の人差し指側を合わせる。

竜理力《ドラゴン・ロア》は体の動きに重ねたまま、剣を抜くような動きで氷の剣の魔術を作り出す魔術を発動する。

「はあぁぁっ！」

グオオオォォォ……ッ！

イングリスの小さな拳の間に生み出された氷の剣の様相は、普段のそれとは明らかに異質だった。

澄《す》み切った氷が繊細《せんさい》な音色を上げるのではなく、猛《たけ》る竜の唸《うな》り声を上げるのだ。

見た目もいつもの氷の剣ではなく、竜の牙《きば》や爪《つめ》を模したそれになっている。

イングリスの拳の動き、すなわち魔術を発動させる際の魔素《マナ》の流れに竜理力《ドラゴン・ロア》を重ねる事により、両者が混ざりあい変異を起こす。

単なる魔術ではなく、竜理力《ドラゴン・ロア》の混ざった竜魔術《りゅうまじゅつ》とでも名付けられるような技術である。

この一月あまりの、イングリス自身の修練の成果だ。

「修練の成果……！　実戦で試させて頂きます！」

「ああいくらでも試しな！　お互《たが》い様《さま》ってやつだ……！」

元々の着想は、ラファエルやカーリアス国王が持つ神竜の牙《ドラゴン・ファング》や神竜の爪《ドラゴン・クロウ》といった、竜の素材を使ったと思われる魔印武具《アーティファクト》だ。

あれは明らかに、魔術と竜理力《ドラゴン・ロア》が混在するような魔印武具《アーティファクト》である。

そしてその力は他の上級魔印武具《アーティファクト》に比べて明らかに一線を画しており、天恵武姫《ハイラル・メナス》には及《およ》ばないが超上級《ちょうじょうきゅう》と言ってもいいような性能のものである。

その存在を見ていたので、魔素《マナ》と竜理力《ドラゴン・ロア》はかけ合わせられるのではないかと思ったのだ。

レオーネやリーゼロッテの魔印武具《アーティファクト》に竜理力《ドラゴン・ロア》が浸透《しんとう》して変異した実例もある。

氷の剣の魔術と竜理力《ドラゴン・ロア》で、意図的にそれを起こそうとしたのが、この竜魔術――竜氷剣と言った所だろうか。

「行くぜええぇぇっ！　そらああぁぁぁぁっ！」

武公ジルドグリーヴァは、腰を落としてイングリスに向けて掌打《しょうだ》を繰《く》り出す。

こちらとの距離は離《はな》れているのに――だ。

だが、その意図はすぐに判明する。

ドゴオオオォォウゥッ！

あまりの高速で繰り出された掌打は空気を押し出し、その形に沿って極圧縮された衝撃の塊を生む。

しかもそれが周囲の空気を押し退《の》ける際に摩擦《まさつ》を生み、赤い炎《ほのお》に包まれながら進んで来る。超高速《ちょうこうそく》で飛来する、掌打の形をした紅《あか》い衝撃波だ。

「素晴《すば》らしい――――！」

掌打を振り抜くだけでこんな現象を起こすとは！

これは受けてみないわけには行くまい。

イングリスは右手の竜氷剣を紅い衝撃波に叩《たた》きつける。

「っ!?」

重い――――！　あっという間に腕が弾かれそうになる。

即座《そくざ》に左手を添《そ》え、両手に持ち替えて受ける。

が、その場で踏《ふ》ん張り切る事は出来ずに体は後方に大きく押《お》される。

草原の草を揺《ゆ》らす音。足元に大きく轍《わだち》が残る。

「ここまで押されますか……！」

だがいい所もある。

今の紅い衝撃波を何とか受け切っても、竜氷剣自体は無事なのだ。

通常の氷の剣ならば粉々だっただろう。

それが、特に刃こぼれもひび割れも無く耐《た》えている。強度が段違《だんちが》いだ。

「おら続けていくぜぇぇぇぇ！　深紅掌《クリムゾン・パーム》ッ！」

「はい！　お願いしますっ！」

連続してイングリスに向けて飛来する紅い衝撃波。

腰を落として、強く足を踏ん張って。全力で振らねば剣が圧力に負ける。

「はああああぁぁぁぁっ！」

だが負《ふ》荷《か》けなければ、霊素殻《エーテルシエル》が浸透した竜氷剣はどこまで耐えるのか。これは高度に実戦的な負荷実験である。


ガガガガガガガガガガガガガッ！

イングリスは押されながらも繰り出される深紅掌《クリムゾン・パーム》を氷の剣で斬《き》り捨てて行く。

「一つ、二つ、三つ──十、二十……！」

まだ竜氷剣は耐えている。少々細かいヒビが生じているが、まだ大丈夫《だいじょうぶ》だ。

「スピードアーップ！　数えてる余裕《よゆう》あるかああぁぁぁっ⁉」

紅い弾幕の密度が一気に増す！

流石に数えていられない……！

「ありませんね……！　さすがです！」

竜氷剣自体の細かいヒビもどんどん増えて行く。


バリイイイイィィンッ！


百か二百か、いやもっと受けた所で、とうとう耐えきれずに竜氷剣が砕《くだ》けた。

だがこれ程の攻撃《こうげき》を受けて、よく持った方だろう。

神竜フフェイルベインの竜鱗《りゅうりん》の剣には及ばないが、確実に以前より強度と使い勝手が向上したと言える。竜魔術の初実戦は上々だろう。

「そぅら当たるぞ⁉　どう受ける⁉」

「ならば、受けませんッ！」

霊素弾《エーテルストライク》！

ズゴオオオオオオオォォォォォオォッ！

深紅掌《クリムゾン・パーム》を弾き散らしながら、武公ジルドグリーヴァに向けて突《つ》き進《すす》んで行く霊素《エーテル》の塊。

「おおおぉぉおっ!? 面白れぇ！ やっぱ実戦はこうでなくちゃいけねえな！」

手を止め霊素弾《エーテルストライク》を真っ向受け止める姿勢だ。

「おぅらあああああぁぁぁぁあっ！」

胸を出して、完全に受け止めに入る。

その足元も多少押されて後ずさりして行くが、やがて――

「そらあああぁぁぁぁあっ！」

霊素弾《エーテルストライク》をがっちりと受け止め切り、逆に投げ返して来た。

ゴオオオオオオオォォォォォオッ！

武公ジルドグリーヴァの剛力《ごうりき》が加わって、むしろイングリスが撃《う》った時よりも勢いが上だった。

「⁉　なかなか非常識な真似をなさいますね……！　ですが……！」

霊素殻《エーテルシエル》の霊素《エーテル》の波長を変更《へんこう》。

先に放った霊素弾《エーテルストライク》と正反対の性質に。

これで霊素《エーテル》を帯びた打撃《だげき》が霊素弾《エーテルストライク》を弾《はじ》く。

霊素反《エーテルリフレクター》を使う時と同じだ。

「わたしにも似たような事は出来ます！」

竜理力《ドラゴン・ロア》と重ねた拳で、霊素弾《エーテルストライク》を殴り飛ばす！

がくんと綺麗《きれい》に反射して、武公ジルドグリーヴァに再び向かう霊素弾《エーテルストライク》。

「何ィ⁉　殴り返しやがるか！　何て幼女だ！　やってくれるなぁ！　がはははははははっ！」

笑いながら再び受けの姿勢を取る。

だが今度はやや斜《なな》め気味に、体の脇《わき》で受けるような姿勢だった。

だが真正面ではないため、組み止めきれずに体が流れる。

「む……⁉」

イングリスが一瞬訝《いっしゅんいぶか》しんだ瞬間《しゅんかん》、武公ジルドグリーヴァの翼が強烈にはためく。

そして霊素弾《エーテルストライク》ごと体がぐるんと横に回転する。

霊素弾《エーテルストライク》の推進力を翼で強引《ごういん》にもぎ取り、回転力にしてしまったのである。

「……⁉」

「ふぬううぅおおおぉぉぉぉっ！」

独楽《こま》のような回転は、翼の推進力もありあっという間に超高速に。

霊素弾《エーテルストライク》も一緒《いっしょ》に振り回されている。

あまりにも早過ぎる回転は容易に巨大《きょだい》な竜巻《たつまき》を巻き起こし、その中に武公ジルドグリーヴァの姿を隠《かく》してしまう。

「ふふふふ……なるほど！」

だが姿は見えずとも、その意図は明白である。

だからその瞬間に備えて、脚を踏ん張り体に力を溜《た》めて待つ。

「こいつが全力投球だ！　どっせえええええぇぇぇぇぇいっ！」


ギュウウウウウウウウゥゥゥゥゥンッ！

超高速回転から投げ放たれた霊素弾《エーテルストライク》は、イングリスが見た事も無いような唸りを上げて風を切り、あっという間に眼前に迫《せま》っていた。

予想通り、かつ期待通りの動きだ。

霊素弾《エーテルストライク》を相殺《そうさい》する相手はいたが、こんな超高速で投げ返して来た者はいなかった。

あの虹の王《プリズマー》ですらやって来なかった事だ。

相手にとって不足は無い！

「来たっ！　はああああああぁぁぁぁぁぁっ！」

軽く跳躍。大きく身を捻り、思い切り足を振り抜く。

いつもより短くなってはいるが、霊素殻《エーテルシェル》に竜理力《ドラゴン・ロア》を完全に重ねた蹴《け》りの威力《いりょく》は、過去最大級である。

そして蹴りというものは、拳の数倍の威力を持つもの。

それが武公ジルドグリーヴァが超高速で投げ返した霊素弾《エーテルストライク》を蹴り返す――事は出来なかった。

ドガアアァァァッ！

蹴りが弾かれ、体が流される！

「っ……！」

そのまま大きく、後方に弾《はじ》き飛ばされてしまう。

「ハッハァ！　見たかぁ！　パワーは正義！　流した汗《あせ》は俺を裏切らねぇ！　ハハハハハッ！」

グッと力瘤《ちからこぶ》を作ってご満悦《まんえつ》の武公ジルドグリーヴァ。

「そうですね！　あはははははっ！」

イングリスも笑っていた。とても楽しかったから、自然と笑顔が浮かんでくるのだ。

蹴り返せないくらいの威力で霊素弾《エーテルストライク》を投げ返してくれるなど、素晴らし過ぎて非の打ち所がない。

「ですが……！」

負けを認めるわけではない。

イングリスは霊素《エーテル》の波長を元の霊素弾《エーテルストライク》と同じものに戻《もど》す。

そして迫って来る霊素弾《エーテルストライク》に向け、斜め前《まえ》に踏み込《こ》んだ。

霊素弾《エーテルストライク》の脇を通り抜けるような軌道《きどう》だ。

そしてすり抜けざまに、光弾に拳を打ち込む。

霊素弾《エーテルストライク》に対し、同波長の霊素《エーテル》の打撃を加える。

これはつまり、霊素壊《エーテルブレイカー》の仕組みと同じである。

ドグウウウウウウウゥゥゥゥンッ！


巨大な爆発《ばくはつ》を引き起こし、弾け飛ぶ霊素《エーテル》の塊。

弾き返せないのであれば、安全なこの場で炸裂《さくれつ》させる他はない。

だが、単に霊素壊《エーテルブレイカー》を無駄撃《むだう》ちさせられるのも芸がない。

背に爆風《ばくふう》を受け、更《さら》なる加速を得て、武公ジルドグリーヴァの元へと突っ込む！

「はああああああああぁぁぁぁっ！」

「おぅらああああああああぁぁぁっ！」

打ち合わされる拳《こぶし》と拳。

その威力の余波がまた地面を削《けず》り穴を穿《うが》ち、クレーターへと変貌《へんぼう》して行く。

「……正体不明の何かの力に、そいつは竜理力《ドラゴン・ロア》まで重ねてやがるのか……！　やってくれるなぁ、すげぇ幼女だよお前は！」

拳を突き合わせながら、武公ジルドグリーヴァは爽《さわ》やかな笑《え》みを向けて来る。

「竜理力《ドラゴン・ロア》をご存じなのですか……？」

「まあなぁ……！　竜ってのはいい訓練相手だからな！」

「成程《なるほど》、確かにイーベル殿《どの》も神竜にはお詳《くわ》しいようでしたし、天上領《ハイランド》には竜の知識が豊富なのですね」

　イングリスは神竜をフフェイルベインしか知らないが、他にも神竜が世界のどこかに封《ふう》印《いん》されていたりするかも知れない。

　その位置が分かるなら是非《ぜひ》教えて頂きたいものだ。

　もう一度竜鱗の剣を作り直せるし、もう一度あの美味《おい》しい肉をお腹一杯《なかいっぱい》食べられるし、もう一度竜理力《ドラゴン・ロア》を強化できるかもしれない。

「神竜の眠《ねむ》る場所を御存《ごぞん》じなら、是非教えて頂きたいものです！」

「いや俺《おれ》が知りてえよ！　悪いが俺んとこに回ってくんのは、そんな大物じゃねえよ？　まあ神竜の場所が分かっちまったら、掘《ほ》り起こしてしばき倒《たお》しかねねえからだろうがな！　がっはっはっはっは！」

　確かにイングリスの噂《うわさ》を聞きつけてわざわざ挑《いど》みに来た武公ジルドグリーヴァならば、やりかねないと思う。

　実際イングリスもフフェイルベインを掘り起こして戦ったのだ。

　似た者同士の彼ならばごく自然な行動だろう。

そしてそんな事をしそうな者に不用意に情報を与《あた》えないというのも、また自然だろう。

「では、神竜の位置情報は天上領《ハイランド》の中でもかなりの機密情報だと？」

「だな……！　まあ分かってたとしても、勝手に掘り起こしゃあ問題は避《さ》けられんだろうがな」

「という事は、イーベル殿が神竜フフェイルベインを掘り起こし、機神竜と化して天上領《ハイランド》に連れ去ったのも問題に……？」

「あちらさんは、神竜の寝込《ねこ》みを地上側の人間が襲《おそ》っていたため、止《や》むなく保護したとしか言わねえがな。ま、貸し一つってやつかねえ……！」

「そうですか、あながち間違《まちが》ってもいませんが……」

フフェイルベインを掘り起こすために、リックレアの街を跡形《あとかた》もなくしたのはイーベルや天恵武姫《ハイラル・メナス》のティファニエの仕業《しわざ》だが。

「お前、それを見たのか？　ひょっとして神竜の寝込みを襲ったってのは……⁉」

「それは心外です！　わたしは寝込みを襲いなどしません！　あくまで先方が完全に目覚めて万全《ばんぜん》になってから、手合わせをして頂きました！」

寝込みの尻尾《しっぽ》を切ったのは、あれは手合わせではなく食料調達だ。

あくまで戦いは正々堂々と正面から行った。そうでなくては意味がないからだ。

「ウム……！　ならばよし！　相手の力を出させねえように戦うなんざ、ただ勝てばいいってだけの、志の低い戦いだからな……！」

「全くです！　そこの所は訂正《ていせい》を要求します……！」

「おう言っといてやるよ！　ま、細けえ事は法公や技公の奴《やつ》にお任せだけどな！　会議に出る暇《ひま》がありゃあ体を鍛《きた》えろって話だぜ！」

「ふふふ……ジル様は良い環境《かんきょう》にいらっしゃるようですね？　少々羨ましいです」

拳を交えながらだが、イングリスはふと微笑《びしょう》を浮かべる。

天上人《ハイランダー》の頂点にありながら、屈託《くったく》のない少年のような純粋《じゅんすい》さ。

それが少々微笑ましかったのだ。

「ハハッ。天上人《ハイランダー》一の窓際族《まどぎわぞく》を捕《つか》まえて、お前は面白《おもしろ》れぇ幼女だな、イングリス……！」

「ですがその窓際族も、いつまでも窓際族のままとは限らないでしょう？」

「ほぉう……!?　何故《なぜ》そう思う？」

「先頃《さきごろ》までのこの国を巡《めぐ》る動乱は、天上領《ハイランド》の方々の代理戦争の側面が大きいかと……ジル様達三大公派との結びつきを深めようとする我が国《くに》に対し、それを許すまいとする教主連合の方々が、背後からヴェネフィク軍とアルカード軍を操《あやつ》り挟撃《きょうげき》を仕掛《しか》けました。その根本は、二大派閥の対立が要因にあるのかと。そしてそれは激しさを増している……イーベル殿は神竜《しんりゅう》フフェイルベインを機神竜と化して天上領《ハイランド》に連れ去る際、大公派から教主様をお守りする貴重な戦力だと仰いました。つまりは、代理戦争を超《こ》えた両派の直接対決を見《み》越《こ》しているのかと思います。そしてジル様も、今このような場所におられるのは、単に相応《ふさわ》しい相手がいなかったというのもおありでしょうが、来るべき時に備えて、少しでも実践《じっせん》の感覚を養いたかったのだとも考えられます。窓際族が窓際族で無くなる事を、ジル様もお感じになっておられるのでは？」

「ふっふふふふ……だったらお前はどう思うよ？　イングリス？」

「天上人《ハイランダー》の方々の時間の尺度は分かりませんが、わたしが老いて力を落としてしまう前には始めて頂ければと！　是非参加させて頂きたいので！」

天上人《ハイランダー》同士が本気で始める抗争《こうそう》。

それは目の前の武公ジルドグリーヴァをはじめとする強者や、機神竜や、それに匹敵《ひってき》する超兵器《ちょうへいき》の乱れ飛ぶ素晴らしい戦場になるだろう。

虹の王《プリズマー》以上の何かが繰り出されることも大いに期待できる。

ぜひともそこには立ち会って、思う存分自らの力を試《ため》し、そして高めたい。

やはり実戦に勝る修行《しゅぎょう》は無いのである。

目を輝《かがや》かせて言うイングリスに、武公ジルドグリーヴァは心から可笑《おか》しそうに声をあげる。

「がはははははっ！　いやあマジで気に入った！　気に入ったぞイングリス！　このまま天上領《ハイランド》に連れて帰っちまいたいぜ！」

「それをお望みであれば、まずはわたしを倒して頂ければと思います……！」

「おぉ、そういやそんな話もあったなあ！　手合わせにしか興味が行ってなかったぜ！　じゃあ、マジで勝ちに行ってみるか！」

武公ジルドグリーヴァが表情を鋭《するど》くする。

「ほっほっほ。私の出番ですかな？」

その声は、イングリスと武公ジルドグリーヴァが拳を打ちつけ合うクレーターの縁《ふち》から聞こえた。

老紳士《ろうしんし》カラルドが好々爺《こうこうや》の笑みでこちらを見下ろしていた。

その近くにはラフィニアを抱《だ》っこしたエリスもいた。

「おう、じい！　こいつならそれだけの価値がある！　出しても大丈夫だぜ……！　全力をな！」

「ほっほっほっほ。それはそれは、楽しみな事で御座《ござ》いますなあ」

笑顔《えがお》のカラルドの体が、黄金色《こがねいろ》の輝きに包まれて行く。

輝きはどんどんと増して、まるでカラルドの服も肌《はだ》も全身が黄金に変化して行くかのようだ。

「カラルドさん……!?」

その変化に、エリスの腕《うで》の中のラフィニアが目を丸くする。

「それは……！　あなたは――!?」

エリスも同様だった。

むしろその驚《おどろ》きは、エリスの方が強かったかも知れない。

自分に似たものを感じたからだ。

「ほっほっほっほっ。武器化は天恵武姫《ハイラル・メナス》だけの専売特許ではありませんでなあ。さしずめ私はハイラル・メナ爺《じい》とでも申し上げましょうか……」

「『ハイラル・メナ爺……!?』」

「ほわちょおぉぉぉぉ～！」

黄金の老紳士カラルドの体が、高く飛び上がりつつ変化して行く。

鋭く長く幅広《はばひろ》の、肉厚の刃。各部に施《ほどこ》された装飾《そうしょく》は見事で美しいが、形自体は非常に武骨。片刃《かたば》の大鉈《おおなた》のような形状だ。

それが武公ジルドグリーヴァの大きな体の更に三倍以上の大きさのある、超巨大《ちょうきょだい》な刀剣《とうけん》と化していた。その迫力《はくりょく》は、武公ジルドグリーヴァが持つに相応しい剛剣《ごうけん》だ。

「ぬん……っ！」

それを軽々片手で掴んだ武公ジルドグリーヴァは、軽く横に向けて剣を振る。

刀身を肩《かた》に担《かつ》ぐための動きだったが、意図せず衝撃波《しょうげきは》が発生していた。


ズガガガガガガガガガガガガガガガガガガガガッ！


それがイングリス達のいるクレーターから巨大な横穴を穿つ。

そして薄《うす》くなった地表部分が崩《くず》れ落ち、遥《はる》か遠くまで続く巨大な溝《みぞ》となっていた。

「おっとすまねえ……！　こいつぁ威力がデカすぎるのが玉《たま》に瑕《きず》でなぁ！」

そう言う武公ジルドグリーヴァの体にも変化がある。

老紳士カラルドが変化した黄金の超巨大剣《ちょうきょだいけん》の輝きが、武公ジルドグリーヴァの体にまで浸透し、同じような硬質《こうしつ》の黄金の体に変わって行ったのだ。

黄金に輝く超巨大剣を掲《かか》げた、黄金に輝く翼《つばさ》ある戦士。

これが武公ジルドグリーヴァの最終形だろうか。

見るからに神々《こうごう》しく、そして強烈《きょうれつ》な力が渦巻《うずま》いているのが分かる。

その力は――

「これは……霊素《エーテル》……!?」

イングリスのものとはかなり波長が異なり、黒仮面のものともまた違《ちが》う感じがする。

が、恐《おそ》らく間違いはない。

イングリスを半神半人の神騎士《デイバインナイト》とした女神《めがみ》アリスティアとはかなり違う種類の神、下手すれば魔神《まじん》に近いような性質のものだ。

これまで武公ジルドグリーヴァは一切《いっさい》の魔素《マナ》や霊素《エーテル》の力を見せず、強靭《きょうじん》な肉体の力のみでイングリスに相対して来た。

が、ここへ来て老紳士カラルドが変化した剣と一体のようになる事により、膨大《ぼうだい》な霊素《エーテル》まで身に纏って来たのである。

これは今までより更に比較《ひかく》にならない程《ほど》に戦力を引き上げて来た。間違いない。

これに対抗《たいこう》をするには、残された手段は多くは無いだろう。

「さあお前も勿体《もったい》ぶるなよ、イングリス……！　見せてみろよ、虹の王《プリズマー》を狩《か》った力を……！」

「ふふふ……そうですね、そうせざるを得ませんね。数の上でも二対二ですから、今度は卑怯《ひきょう》というわけでもありません……！」

イングリスは笑みを見せながら、クレーターの縁に顔を向ける。

「エリスさ――」

だが視線の先に、エリスはいなかった。

既《すで》に一歩速く、イングリスの側に飛び降りて来ていたからだ。

「大丈夫。もういるから。私を使うんでしょう？」

「え、ええ……お願いできればと」

嫌《いや》がられるかと思ったが、イングリスが呼ぶ前に来てくれるとは積極的である。

が、エリスらしくないとも言える。

「いいわ。やりましょう」

「……らしくないですね？」

エリスは本人も言うように好戦的では無く、無駄《むだ》な戦いは止めようとする方だ。

楽しみのために戦うのは、まだリップルの方が理解がある。

こんな行為《こうい》は真っ先に怒りそうなものだが。

「……まさかこんな事になるなんて思っていなかったけれど、天上人《ハイランダー》の大将との手合わせは、決して無駄にはならないわ。今後のためにも……ね」

そのエリスの一言で、彼女《かのじょ》の考えている事がおおよそ理解できる。

見比べようというのだ。

天上領《ハイランド》側の最大戦力《ジルドグリーヴァ》と、地上側の最大戦力《イングリス》の差を。

その結果如何《いかん》によっては、地上側が天上領《ハイランド》側に対して取れる態度も変わって来るからだ。

今までのような隷属《れいぞく》を続ける事の是非に関《かか》わって来かねない問題である。

ただし、イングリスが世のため人のために最大限の協力と献身《けんしん》を惜《お》しまない前提で。

「エリスさん……わたしに過度な期待をして頂いても困ります。わたしは世のため人のためには働きませんよ？」

「だけどあの子の、ラフィニアのためには働くんでしょう？　だったらそんなに変わらないんじゃないかしら？　あの子はいい子だから」

エリスはクレーターの縁からこちらを覗《のぞ》き込むラフィニアに、視線を向ける。

「……痛い所を突きますね」

「そろそろあなた達との付き合いも長くなってきたから、ね？」

エリスは一瞬《いっしゅん》悪戯《いたずら》っぽい笑みを浮《う》かべた後、表情を凛《りん》と引き締《し》める。

「さあ、やりましょう。今はあなたの思う通りに、楽しんでくれていいわ……！　付き合ってあげるから……！」

エリスはイングリスの方に手を差し出す。

「ええ、では……！」

イングリスは差し出された美しい手に、小さな子供の手を重ねる。

そこから爆発的《ばくはつてき》に光が拡大。

黄金色の輝きの中で、エリスの女性の体が一対《いっつい》の剣となって行く。

そしてイングリスの両腰《こし》の横に、黄金の鞘《さや》に納められた形で顕現《けんげん》する。

見るだけでため息の出るような、極上《ごくじょう》の美しさを兼《か》ね備《そな》えた形状だ。

「ほう……！　いい剣だ！　気品がある、っつうのかな……！　見事なもんだ、だが少し華奢《きゃしゃ》かも知れんな！」

「それはジル様の大物と比べるからでは……？　それにこちらも、芯《しん》は強いですよ」

イングリスはエリスの双剣《そうけん》を両方抜き、体の前で交差させるように身構える。

「そいつぁ楽しみだ……！　見せてくれよ、その力を……！」

武公ジルドグリーヴァも、刀身を肩に担いだまま、半身の姿勢で腰を落として構える。

「ええ、では――」

イングリスはじりじりと、摺《す》り足で慎重《しんちょう》に間合いを詰《つ》める。

武公ジルドグリーヴァの間合いのギリギリ一歩外まで、このままで近づくつもりだ。

武器の破壊力《はかいりょく》や強度、剣速の優劣《ゆうれつ》は実際にお互いの物をぶつけてみないと分からない。

だが一つ確実に言えるのは、攻撃の間合いではこちらが圧倒的に劣《おと》る。

腕の長さでも獲物《えもの》の長さでも、完敗だ。

こちらの斬撃を武公ジルドグリーヴァに当てようと思うなら、相手の攻撃を一度は捌《さば》く事が必須《ひっす》になるだろう。

反応不可能な速度で間合いを駆《か》け抜け、攻撃を叩き込めればその限りではない。

が、武公ジルドグリーヴァはこれまでのイングリスの霊素殻《エーテルシェル》を全開にした動きにも対応してきた強者である。

恐らく望《のぞ》み薄であるし、逆に反応してくれないと期待外れで面白くない。

お互い特に理由も打算も無く、手合わせに興じる事が出来る同好の士である。

願わくば極《きわ》めて近いギリギリの戦いを、何度でも楽しみたいものだ。

更に言うと、武公ジルドグリーヴァに一切反応させずに間合いを侵略《しんりゃく》する有効打は、存在するには存在する。

神行法《ディバインフィート》だ。

あれは早さがどうこうの次元の話ではなく、距離《きょり》を跳《と》んでそこにいる事にする神の業だから、いきなり最接近する事は出来る。

それで彼《かれ》の背後に跳べば、迎撃《げいげき》する事は不可能だろう。

が、無粋《ぶすい》だ。

それで相手の全力を出させずに勝つ事は、単に勝つための行為であって、己《おのれ》の武を極めるための行為ではない。自分のためにならないのだ。

やはり、ここは――――！

武公ジルドグリーヴァの剛剣の間合いの、丁度ぴったり一歩外。

イングリスは身を屈《かが》め、思い切り地を蹴って駆け出す。

イングリスの小さな足に蹴られた地面は激しくひび割れ崩れ落ちるが、その音は武公ジルドグリーヴァの耳に届かない。

その前にイングリスの小さな体が、超高速で迫って来るからだ。

武器の間合いで劣るのを理解しながら、なお真っ向から踏み込んで来る。

清々《すがすが》しいくらいの豪胆《ごうたん》さだ。

気に入った。とにかく気に入った。

イングリスが将来は絶世の美女になりそうな美しさを秘《ひ》めているからとか、そういうわけではない。何なら少年でも、枯《か》れた老人でも構わない。

とにかく同じ武人として、人間的に気に入ったという事である。

「いい度胸だ！　そらあああぁぁぁぁぁぁっ！」

イングリスの予測通り、こちらの動きに反応した武公ジルドグリーヴァは、超巨大剣を叩き下ろして来る。

捉《とら》えられたのは、剣《けん》の間合いの半分と一歩内側か。

ほんの少しだけ、こちらの速度が勝ったかもしれないが、誤差の範囲《はんい》である。

真っ向から振《ふ》り下ろされ、目の前に迫る分厚い黄金の刀身。

これを見たら、受けてみたくなるのが武人の性というものだ。

「はあああああぁぁぁぁぁっ！」

イングリスはエリスの双剣を交差させ、頭の前で交差させる。

そこで全力で足を踏ん張り、老紳士カラルドの変化した超巨大剣の刀身を受ける。


ガキイイイイイイイイイィィィィィインッ！


ここだけでなく、ユミル中に響《ひび》き渡《わた》りそうなほどの大音声《だいおんじょう》。

体が幾分《いくぶん》か縮んでしまいそうなほどの衝撃《しょうげき》が、イングリスを圧し潰《つぶ》そうとする。

イングリスは堪《た》えたが地面の方は堪え切れず、更なる崩壊《ほうかい》を起こす。

元々のクレーターが、更に何倍にも広がってしまった。

「よく受けたなぁ！　イングリス！」

「お褒《ほ》めにあずかり、光栄です……！」

イングリスはこちらを圧し潰そうとする剣を、力で押し返そうとする。

少しずつ超巨大剣の方が押されて行く。

イングリスは両手の双剣で受けているが、あちらは片手で剣を振った。

その違いである。

「ぬうぅぅっ⁉　なんて馬鹿力《ばかぢから》の幼女だよ……！　こんにゃろめぇぇえっ！」

嬉《うれ》しそうに笑いながら、剣に両手を添える武公ジルドグリーヴァ。

これで互角《ごかく》のせめぎ合いに。

しかし——


ピシッ……！


僅《わず》かに刀身にヒビが入ったのは、エリスの双剣の方だった。

あちらの剣を組み止めている個所《かしょ》から、左右両方とも。

「エリスさん……っ⁉」

『うぅぅぅぅ……っ！　だ、大丈夫、私は大丈夫だから……！』

そうは言うが、頭の中に響いてくる声は明らかに辛《つら》そうだ。

双剣が傷つくと、エリス自身も痛みを感じている様子だ。

もし完全に破壊《はかい》されてしまったら、どうなってしまうのだろう。

流石《さすが》に、とても試してみる気にはならない。

完全体、かつ人を取り込んで進化までした虹の王《プリズマー》を易々《やすやす》と斬り裂《さ》いたエリスの双剣を破損させるとは、この超巨大剣の威力は驚愕《きょうがく》すべきものだ。


ビシビシッ……！

更に広がる刀身の亀裂《きれつ》。

『あううううううっ⁉』

「……いけない！」


これ以上は鬩《せめ》ぎ合いを続けていられない。

イングリスの方はまだしも、エリスの方が持たない。

これ以上戦いを強要する事は出来ない。

とは言えこの力比べの体勢をすぐに脱《だっ》するのは容易ではない。

ならば、打つ手はこれしかない！

——神行法《ディバインフィート》！

次の瞬間、イングリスの姿はその場から消え、武公ジルドグリーヴァのすぐ背後に出現していた。

標的を失った超巨大な刀身は豪快《ごうかい》に地面を打ち、クレーターの底に更なる横穴を穿ち、威力を遥か先まで撒《ま》き散らす。

「はあああぁぁぁあっ！」

禁じ手に近い神業《かみわざ》を使わされてしまったが、エリスの身を考えれば仕方がない。

イングリスは即座《そくざ》に背後から武公ジルドグリーヴァに右の刃《やいば》を繰《く》り出す。

首筋に寸止めして決着。そう考えていた。

だが、武公ジルドグリーヴァの反応速度が予測以上だった。

「何いぃぃっ⁉」

驚愕しつつも翼が反応し、イングリスの刃を受けようと立ち塞《ふさ》がる。

「……！　速いッ……⁉」

首筋で止めようと思っていた刃の軌道は、その途中《とちゅう》に差し込まれた翼をまともに斬《き》り裂いてしまう。

ザシュウゥッ！

双剣により斬り裂かれて落ちる、武公ジルドグリーヴァの左の翼。

斬撃は翼によって止まり、首筋まで届かなかった。

「うぐぅっ……ッ!?」

「あ……！　す、済みませんジル様！　斬るつもりは無かったのですが……！」

「おぉ痛てて……！　いや、気にすんな……！　このくらいメシ食って寝《ね》りゃあ治る！」

と、相変わらず豪快な事を言ってのける武公ジルドグリーヴァである。

彼のこういう所は、なかなか面白いとイングリスは思う。

「ガチの手合わせなら、このくらいの事はあらぁな。むしろ完全に後ろ取られて、片方の翼だけで済んでよかったってもんだ。しかしこの俺の体を斬るとは、途轍《とてつ》もねえ斬れ味だぜ……！　流石は天恵武姫《ハイラル・メナス》ってとこか……！」

「ええ、ですが……」

一合でエリスの双剣を破損させるあちらの武器もまた、恐るべきものだった。

もしあのまま力比べを続けていたら、完全に破壊されていただろう。

「エリスさん、大丈夫《だいじょうぶ》ですか……⁉」

『ご、ごめんなさい……！　もう……！』

頭の中にそう声が響き、エリスは双剣から元の人型に戻ってしまう。

そして立っていられず、その場に崩れ落ちてしまった。

「エリスさん……！」

「う、うう……」

腕や足や、あちこちが傷ついている。

「済みません、無理をさせてしまって……！」

「い、いいのよ。私も納得《なっとく》した事だし……つっ……⁉」

助けて抱き起こそうとすると、エリスが顔を歪《ゆが》める。

痛む所を触《さわ》ってしまったらしい。

右腕《みぎうで》と、左足もだろうか。どうも骨に異常がありそうな様子に見える。

天恵武姫《ハイラル・メナス》の武器状態の破損は、女性の姿の体にも影響《えいきょう》するのだ。それが今分かった。分からされた。

「せっかく私を完全に使いこなしてくれる子が現れたと思ったら、まさかいきなり足を引っ張る結果になるなんて……情けないわね」

「そんな事はありません。今日は少々相手が悪かったのかと。それにわたしの戦い方も良くなかったです」

つい真っ向からあの剛剣の威力を味わいたくて受けに行ってしまったが、本来双剣とはそういう用途《ようと》の武器ではない。

速さと手数で相手を制圧する武器だ。

受けるならもっと大物の武器か、盾《たて》のような防具で行うべきだった。

「今日はこれまでにしとくかねえ？　これ以上はお互《たが》いやべえからな」

「ええ、そうですね」

イングリスも同意する。今日は痛み分けと言った所か。

「ほっほっほ。坊《ぼっ》ちゃまもお怪我《けが》を治療致《ちりょういた》しませんとな」

いつの間にか元に戻った老紳士カラルドが、好々爺の笑みを浮かべる。

「俺は大丈夫だぜ、じい。そんなヤワじゃねえよ」

そう応じる武公ジルドグリーヴァの姿が、元の青年の姿に戻って行く。

翼を斬り落としてしまった影響か、服の背中が破れて僅かな切り傷が刻まれていた。

「それよりそっちは大丈夫かよ？　わりぃいな、つい熱くなっちまってな」

武公ジルドグリーヴァはエリスを気遣《きづか》うような素振《そぶ》りを見せる。

「え、ええ……私は大丈夫です」

「戻って休みましょう、エリスさん」

イングリスはエリスをひょいと抱き上げる。

「なあじい、こいつぁ寝てりゃ治るモンなのか？　剣にヒビ入ってたみたいだが……？」

「ほっほほ。どうで御座いましょうなあ。ある程度は自然とお治りになるかとは思いますが、本格的に武器部分に修復が必要なのであれば、我《わ》がリュストゥングでは少々難しゅうございますな。やはり技公様の元へお送りせねばならぬでしょう。天恵武姫《ハイラル・メナス》は技公様の領分で御座いますれば」

「ふむ……おう、イングリス」

「はい、ジル様」

「技公の奴には話を通しとくから、もし異常があれば奴の所で見てもらえ。特使から連絡《れんらく》がつくようにしておいてやるからよ」

「ありがとうございます！　ジル様……！」

「まあ俺のコネなんぞなくても、奴のコネなら十分かも知れんがな」

「と、言うと？」

「ん？　聞いてねえか？　今お前達の国……カーラリアだったか？　ここにいる特使のセ

オドアは技公の息子《むすこ》だ。あれのコネなら、そのくらいのノシはつけられらぁな」

「ええっ……!? そうなのですか……？」

「わ、私も知らなかったわ……！」

エリスも知らないという事は、ごく一部の人間しか知らない事なのだろうか。

例えば個人的に親しいウェイン王子やミリエラ校長や、あるいはカーリアス国王が知っているのかいないのか。

確かに、余りに高位の天上人《ハイランダー》であると知られれば何かと不都合もあるかもしれない。血《けっ》鉄鎖《てっさ》旅団に取ってはいい的にもなる。

だからそこは明らかにしないというのは頷《うなず》ける話だ。

セオドア特使は天上領《ハイランド》の特使としてはかなり大胆《だいたん》に、地上側に有利に働くような行動をしているように見えるが、それを可能とするのは彼自身が天上領《ハイランド》内にかなりの権力と後《うし》ろ盾《だて》を持っているからなのかもしれない。

大公派の頂点に立つ三公のうちの一角の親族となれば、地上で例えれば王族のようなもの。それこそウェイン王子のような立場だ。

以前イーベルは、天上領《ハイランド》の特使は単なる外交役の小間使いだと述べていたはずだが、そういった役割に見合わない最上級の天上人《ハイランダー》が、その任に就《つ》いたという事か。

妹のセイリーンもノーヴァの街の領主として地上に降りて来ていたし、そういった無茶《むちゃ》をする血筋なのだろうか。

そもそもセイリーンがそこまで最上位の天上人《ハイランダー》ならば、天上領《ハイランド》側では問題にならなかったのだろうか。

「ジル様……！　以前セオドア特使の妹君のセイリーン様が執政《しっせい》官として地上に降りられ、不測の事態に遭《あ》われましたが……それは天上領《ハイランド》側で問題にならなかったのですか……？」

「ああ、それな。なったさ、技公の奴マジギレしてたぞ。技公の娘《むすめ》を地上に降ろしたのはこっち側じゃなく、教主連の連中だからな。当時のこの国の特使はこっち側のミュンテーって奴だったから止めさせたが、無理くりねじ込まれたみたいだ。で、あの結果だからな。娘を奪《うば》われたってそりゃあもう大激怒よ」

「……ではそれが原因で、大公派と教主連の対立が激化を……？」

「いやあそれだけじゃねえがな。そいつはあくまで枝葉、だが技公の奴にとっちゃあデカい事件だったろうさ」

「……そうですか」

天上領《ハイランド》側の事情などこちらからは知る由もないので、なかなか興味深い話ではある。

「ほっほっほ。坊ちゃま、あまり話し過ぎて技公様や法公様にお叱《しか》りを受けても知りませ

「はっはっは。そうだな軽口が過ぎたか、まあ将来の妻相手の事だ、大目に見てくれや」

「ほぅほぅほぅ！　そうですかそうですか、色々な意味でここへ伺《うかが》った価値があったというものですのう」

「「つ、妻……!?」」

「元々見合い相手の募集《ぼしゅう》なんだろう、確か？」

「え、ええ……」

「こんな幼女にゃあ早い話だと思うが、元々そうならマジで俺が申《もう》し込《こ》んでも構わんのだろう？」

「ま、まあ……こうなったのには色々と訳はありますが」

「俺はお前が気に入ったぜ、イングリス！　力の方も、中身の心意気の方もな……！　男なら腹心にスカウトする所だが、女なら嫁《よめ》さんにしてぇ！」

武公ジルドグリーヴァは、ニカッと明るく笑顔を見せる。

「で、ですがジル様、わたしはその……」

そもそもイングリス・ユークスとしては結婚《けっこん》するつもりなどない。

それが一番の問題である。

「とんでもなく似た者同士の夫婦《ふうふ》ね……」

エリスが半ば呆《あき》れ気味《ぎみ》に感想を漏《も》らす。

「そう。それだ、いい事言ったぜ！　天恵武姫《ハイラル・メナス》の姉ちゃん！」

武公ジルドグリーヴァが大きく頷く。

「イングリスよ……お前なら思った事があるだろ？　戦う相手がいねぇ……！　もっと強い奴が目の前に現れてくれ……ってな！」

「ええ……それはもう」

「俺とお前が夫婦になれば、いつでも戦える強者が目の前にいる事になる……！　それはつまり、絶対的な戦闘《せんとう》対象の確保だ！」

「……！」

「更《さら》に子供でも出来てみろ！　俺《おれ》とお前の才能を受け継《つ》いだ子は俺達《おれたち》と互角！　場合によっちゃ超えてくるかも知れねえ……！　最高の修行相手の誕生だろ？」

「むう……！　それは……なかなか……！」

「俺はお前を見て思ったぜ、イングリス……！　これからは強敵は探すんじゃゃなくて、増やせばいい！　俺とお前ならそれが出来ると思わねぇか!?」

「あ、あながち……！」

間違っていない気がして困る。強烈な説得力だ。

自分が子供を作って、その子を修行相手とする発想はなかった。

そう言われると、あり得なくもない気がしてきた。

ただその過程に諸々《もろもろ》の問題があり過ぎるのだが。

子供を授《さず》かるには当然そういった行為が必要不可欠なわけで、そしてそういった行為に耐《た》えられそうな気がしない。

全過程を飛ばして子供だけ生まれる神業でもあれば別だが。

真霊素《ハイ・エーテル》なら可能だろうか？

もし可能だとしても、とても今の自分に扱《あつか》えるような力ではないだろうが。

「だが！　その前にやる事があるわな……！」

「？」

「お前に勝つ……！　勝った奴がお前を嫁に出来るって話だろ？　今日は引き分けだ。もっと気合い入れて鍛えて、お前が子を産めるくらいの年になる頃《ころ》には圧勝出来るくらいになってやるからよ？　首を洗って待ってろよな！」

スッキリと爽《さわ》やかな笑顔で言う事だろうか。

「ふふっ……とても女性に求婚《きゅうこん》する台詞《せりふ》ではありませんね？」

だが嫌《きら》いではないが。なかなか面白い。

「そうかあ？　だがお前にゃ相応しいだろ？」

「そうですね、ふふふ……ではお待ちしています。わたしも負けませんよ？」

負ければ結婚の条件付きの、強敵との戦い――

それも悪くはないだろう。要は勝てばいいのだ、勝てば。

初めから負けるつもりで戦う者などいない。

「よし、じゃあ引き上げるか、じい！」

「エリスさん、わたし達《たち》もお城に戻《もど》って休みましょう」

イングリスも武公ジルドグリーヴァも、クレーターから外に飛び出して、街の方に目を向ける。そこにはユミルの街並みが、多少の破損はあるものの無事にそこにあった。

「「ん……？」」

何か違和感《いわかん》が。

街並みが外から直接見えているのだ。

これは、おかしい。

ユミルは四方を防壁《ぼうへき》に囲まれた城塞《じょうさい》都市なのだ。

つまり、こちらに面する防壁が全面的に吹《ふ》き飛んでいるのだ。

残りの三面はまだ健在であるのが見て取れる。

恐らく最後の武公ジルドグリーヴァの一太刀《ひとたち》だ。

イングリスが神行法《ディバインフィート》で躱《かわ》したため、その一撃《いちげき》の衝撃波が防壁まで到達《とうたつ》し粉々に破壊したのだ。

クレーターから伸《の》びる横穴が、巨大《きょだい》な溝となってそこまで到達している。

「こ、これは……」

この修繕《しゅうぜん》には相当な人手と費用が掛《か》かるのではないだろうか。

だがその前に何よりも――

「クゥーリぃースううううぅ～？」

怒《おこ》りの形相のラフィニアが、腕組《うでぐ》みしてイングリスを待ち受けていた。

「あ、ラニ……無事だったね？　よかっ……」

「無事じゃなあぁぁぁぁぁいッ！」

思い切り耳を引っ張られる。

「どうするのよ！　あれ！　防壁無くなっちゃったじゃない！　あたし街を壊《こわ》すなって言ったわよね!?　クリスも聞いたわよね!?」

「いや、違うんだよ……街は壊れてないから、ね？　壊れたのは防壁で、街を護《まも》っていい仕事をしてくれたなぁって、今までありがとう防壁さん……ゆっくり休んで……」

「はぁ⁉　それで何が解決するの⁉　あたしはどうするのか聞いてるのよ！」

「いやだってあれ、わたしじゃないんだよ……⁉　ジル様がやったんだし……！」

と、ラフィニアは武公ジルドグリーヴァに臆《おく》さず睨《にら》みつける。

「本当ですか？　あなたがあれを壊したんですか……⁉」

「お、おお……！　わりいな、力が入り過ぎちまってよ！　詫《わ》びに天上領《ハイランド》の資材を置いてくから、それで勘弁《かんべん》してくれや。今使ってる単なる石ころよりは全然強度も上がるはずだぜ？」

「……そういう事なら。防壁を組み上げるのはクリスがやりなさいよ？　あたし達も手伝うけど、ね」

「う、うん……分かった」

と、そこに丁度よく数機の機甲鳥《フライギア》がやって来る。

老紳士《ろうしんし》カラルドが降りて来た時に率いていたものだ。

「じゃあまあ、早速《さっそく》資材を下ろさせるか！　行くぞ、じい！　またな、イングリス！　お前も修行《しゅぎょう》を怠《おこた》るなよ、次もいい勝負にしようぜ！」

「はい、ジル様。ですが次は引き分けではなく、わたしが勝ちたいと思います」

「言ってくれるぜ……！　じゃあ楽しみにしてるからな！」

「ほっほっほ。それではごきげんよう」

少し暑苦しいが爽やかな笑《え》みと、好々爺《こうこうや》の笑み。

二つの笑みが上空の天上領《ハイランド》へと遠ざかって行った。

◆
◇
◆

それから何日かの間は、土木作業の日々だった。

完全に破壊されてしまったユミルの防壁の一面の再建。

ラフィニアやエイダ達ユミル騎士団《きしだん》の面々も手伝ってくれた。

だから特に寂《さび》しさを感じる事もなく、イングリスとしては、割と良い訓練代わりにもなったかも知れない。

武公ジルドグリーヴァが置いて行ってくれた資材は、確かに通常のユミルの防壁の石材よりも遥かに強度があり、結果的には以前より強固な防壁が再建される事になった。

これには、ラフィニアもにっこりである。

武公ジルドグリーヴァがイングリスを娶《めと》るためにまた来ると言っていた件については、

少々複雑そうな顔をしていたが。

だがそれよりも気になるのはエリスの容体である。

その後ユミルの城に留《とど》まって暫《しばら》く養生した結果、骨が折れているくらいの重傷だった体は驚異的《きょういてき》な速度で癒《い》えて、普段《ふだん》通り動けるようになっていた。

だが一つ、大きな問題があった。

「では、エリスさん」

「ええ……！」

ユミル城内の、訓練場――

イングリスとエリスは手に手を取っていた。

繋《つな》いだ手の中心から黄金色《こがねいろ》の輝《かがや》きが発生し、エリスの体を包む。

普段ならばそこからどんどん輝きが増し、目を開けるのも辛いくらいになりエリスの体が双剣へと変化するのだが、今は違った。

広がりかけた光がシュンと尻《しり》つぼみに消えて行ってしまうのだ。

「やはり……同じですか」

「何度やっても、光が消えちゃう……！」

「ええ、そうね。ダメだわ……」

エリスが首を振り、ため息を吐《つ》く。

エリスの女性の体の怪我は良くなったが、武器化が出来なくなってしまったのである。

何度も試《ため》しているが、一向にそれが改善される気配は無い。

「参ったわね。これでは天恵武姫《ハイラル・メナス》としては不完全だわ」

「き、きっともう暫く休めば自然と治りますよ！　大丈夫ですよ、大丈夫！　だから元気を出して下さい」

ラフィニアがエリスを励《はげ》まそうとしている。

正直見ていて全く説得力は無いのだが、幼い姿のラフィニアが一生懸命《いっしょうけんめい》な姿は可愛《かわい》らしい。イングリスとしては、見ているだけで微笑《ほほえ》ましく満足だった。

「大丈夫よ。治るあてが無いわけではないわ。余りのんびりもしていられないけれど」

エリスも多少なりともそう思ったらしく、微笑んでラフィニアの頭を撫《な》でていた。

武公ジルドグリーヴァとイングリスが戦っている間はラフィニアを抱《だ》っこしていてくれたし、意外と子供好きなのかも知れない。

「やはり、双剣が破損したのが原因なのでしょうね」

「ええ……こんな事は初めてだけど、間違《まちが》いないでしょうね」

「済みません、わたしが無茶な戦い方をしてしまったせいで……」

さすがに申し訳なさを感じるので、頭を下げて謝罪する。

するとその下げた頭をぽんぽんと撫でられた。

「いいのよ。むしろ本当に後のない戦いではなく、手合わせでこうなって良かったわ。色々知れたもの。天恵武姫《ハイラル・メナス》は究極の魔印武具《アーティファクト》だと言われ、私もそう信じていたけれど、本場の天上領《ハイランド》にはまだ上がある……あのカラルドさんが変化した大剣は、私の双剣より明らかに強度が上だったわ。もしお互いの強度が互角なら、あの手合わせは引き分けではなくあなたが勝っていた……違《ちが》う？」

「それは……」

直接的な強度であちらが勝るのは事実だが、そもそもあんな戦い方をせず初手から神行《ディバイン》法《フィート》を使っていれば、エリスを傷つけることなく手合わせを制する事も可能だっただろう。それが楽しいか、自身の成長に繋がるかは別として、だが。

そういう意味ではそうでもない。それだけに申し訳なさが残る。

まあこちらに神行法《ディバインフィート》という切り札があったように、あちらにもまだ見せていない切り札があったかもしれないが。

エリスは複雑な表情をするイングリスをひょいと抱き上げる。

「あなたを見習うと言うわけではないけれど、あなたと共に戦う私達の方こそ、強くならなければならないんだわ……天恵武姫《ハイラル・メナス》になってから、こんな風に考えた事はなかったけれど……今まではとにかく虹の王《プリズマー》が現れないように祈《いの》って、怯《おび》えているだけだったから。それが分かっただけでも収穫《しゅうかく》は大きかったわ。それに、天上人《ハイランダー》の頂点と言えど、手の届かない場所にいるわけではないという事もね……」

「エリスさん……」

「ええ、何？」

「ひょっとして、子供が好きですか？」

「……!?」

「いや、何だかごく自然にわたしを抱っこしていらっしゃるので」

「え、ええ……そうね。可愛くてね。つい……」

少々恥《は》ずかしそうに顔を赤らめているエリス。

ずっと抱っこしたいのに言い出せずにいたのだろうか？

「じゃあ、あたしもどうぞ！　それで元気が出るなら！」

と、ラフィニアがエリスを見上げて両手を広げる。

笑顔《えがお》とその仕草が、とてもとても可愛い。

「わたしもラニを抱っこしたい！」

イングリスはエリスの腕《うで》からぴょんと飛び降りて、ラフィニアに抱き着きに行く。

「もークリスじゃないわよ！　別にいいけど！」

「だってラニが可愛いし！」

「クリスもね！」

「ははは、そうよね。お互いに可愛いわよね……」

「ええ、出来ればわたしが元の姿で小さいラニを抱っこもしてみたいですが」

「あ、それあたしも思うー！　おっきいあたしでちっちゃいクリスを抱っこしたい！」

「先に戻った方が役得だね」

「うん、恨《うら》みっこなしだから！」

こちらはこちらで元に戻る気配がまだない。

そろそろ真剣《しんけん》に考える必要があるかも知れないが。

だがとりあえず今は――

「お邪魔《じゃま》しました、エリスさん」

「どうぞ、抱っこして下さい！」

エリスを元気づけるためにも、抱っこされておく。

「二人とも……可愛いわね」

イングリスとラフィニアを二人抱っこして、エリスは微笑む。

嬉しそうで何よりである。

「……このまま武器化が出来ない状態を続けるわけには行かないし、私は明日にでも王都に戻る事にするわ。もう体の方は問題ないから」

「エリスさん。やはりセオドア特使に申し出て、天上領《ハイランド》で治療《ちりょう》を？」

「ええ、せっかく武公自ら段取りをしてくれたのだし、好意に甘《あま》えましょう」

「天上領《ハイランド》……だ、大丈夫よね？　クリス？」

「少なくとも、ジル様は純粋《じゅんすい》に好意で言ってくれたと思うよ？　次に手合わせする時にわたしの武器が不完全だったら、戦い甲斐《かい》がないって思ったんだろうし……そういう人だから、あの人は」

「……本当に男版のあなたみたいな人物だったわね。呆れるくらい馬が合っていたわ」

「ジルさんが降りて来てから十秒くらいでもう戦ってたしね……」

「エリスさんには申し訳ありませんが、とても楽しかったです！　虹の王《プリズマー》の時のように負けたら大勢死者が出るという状況《じょうきょう》でもありませんでしたし、純粋に楽しめました！　再戦が楽しみですね！」

イングリスは戦いを思い出して目を輝かせる。

どちらが勝つとも言い切れない、拮抗《きっこう》したいい戦いだった。

やはりああいう戦いを数多く経験してこそ、自分の成長に繋がるのだ。

しかも武公ジルドグリーヴァはイングリスと同じく、力に大義や理想を求めないタイプだ。理由などない、単に楽しいから純粋に力を突《つ》き詰《つ》めるのだ。

だからお互いの手合わせを心から楽しめる。

好きこそものの上手なれ、である。

「だけど浮気《うわき》はダメだからね、クリス！　ジルさんがいくら偉《えら》い天上人《ハイランダー》でも、あたしはクリスの恋人《こいびと》はラファ兄様しか認めないんだから！　だから次も絶対負けちゃダメよ！」

めっ！　と注意するようにラフィニアは言《い》う。

「い、いやあ……わたしは恋人とか要らないから、興味ないし」

強敵は産んで増やせばいいというあの説得には一理あったが、やはり心情的には今述べた通りだ。

「……政治的に考えれば、大ありではあるけれどね……地上と天上領《ハイランド》の隷属《れいぞく》関係は確実に和《やわ》らぐでしょうし、あなたとあの人の子なら、命を失わずに天恵武姫《ハイラル・メナス》を扱う才能を受け継いでくれるかもしれない」

「……だ、ダメえええええっ！　それでも絶対ダメですっ！」

ラフィニアは手で大きくバツを作って抗議《こうぎ》する。

ぷんぷんする表情が可愛らしい。

「ははは……そうね、こういう事は本人達の気持ちが一番大事でしょうしね」

「大丈夫だよ、ラニ。次は絶対勝つから！」

「ホントよ！　頑張《がんば》ってね⁉　あとラファ兄様と戦う時は負けてね⁉」

「わたしはいつどこで誰《だれ》が相手でも、戦いには勝つからっ！」

決意を新たにするイングリスだった。

「……じゃあそれまでに私も万全《ばんぜん》になって、今よりも強くなっておかなくてはね……今度は強度で負けないように。今の身体でより修練を積めば、武器化した時の強度も上がるのかしら……？」

「それは、わたしにも……セオドア特使ならば何か御存知《ごぞんじ》ではないでしょうか？」

「そうね。単に元に戻るだけでなく、より強くなる方法がないか……天上領《ハイランド》で可能性を探《さぐ》ってみたいわね」

「では、わたし達も一緒《いっしょ》に王都に向かいます。途中でエリスさんの身に何かあっては大事ですし、わたし達の状況をセオドア特使やミリエラ校長に相談もしたいので」

「そう？　分かったわ、では一緒に行きましょう」

「ラニもそれでいい？」

「うん。もう十分ゆっくりしたし、みんなの元気そうな顔も見られたしね」

エイダから請《う》け負ったアリーナの魔印武具《アーティファクト》の改造も済ませてあるし、今回の帰省でやり残した事は特にないだろう。

ラフィニアがイングリスの問いかけに頷いた直後、訓練所の入口の方から声が響く。

「ラフィニア様！　イングリス様！」

それは若い女性の、エイダの声だった。

振《ふ》り向くと隣《となり》にアリーナを伴《ともな》っている。

勉強を終え、訓練の時間だろうか。

「エイダさん」

「エイダ、何かあったの？　また何か事件？」

「いえ、そうではありませんがお届け物が」

「「お届け物？」」

顔を見合わせるイングリスとラフィニアに、アリーナが何かを差し出す。

「はい、ラニお姉ちゃん、クリスお姉ちゃん、お友達からお手紙だよ！」

便箋《びんせん》の裏側に書かれた綺麗《きれい》な字の名前は、レオーネのものだった。

第3章 16歳のイングリス　レオーネの帰郷

アールメンの街、近郊《きんこう》。

「わああぁ……！　ホントだ、アールメンにあの飛空戦艦《せんかん》が来てる！」

星のお姫様号《スター・プリンセス》の機上。

操縦桿《そうじゅうかん》を握《にぎ》るエリスの体に抱き着いたラフィニアが、そう声を上げた。

小さくなった体では機甲鳥《フライギア》の操縦がし辛《づら》いので、エリスが行ってくれているのである。

「修復は完全に終わったのね……」

エリスがそう呟《つぶや》く。

アールメンの街の中心、氷漬《づ》けの虹の王《プリズマー》を安置していた大聖堂の頭上に、飛空戦艦が滞《たい》空《くう》していた。

足元の大聖堂も大規模な改修が進んでいる最中のようで、足場が組まれて慌《あわ》ただしく人々が行き交《か》っていた。

それは同時に、かなり活気づいた様子でもある。

安置していた虹の王《プリズマー》が甦《よみがえ》り、そして倒《たお》された今となっては、虹の王《プリズマー》を監視《かんし》する街としての役割を完全に終えたかのように思えるが、アールメンの街はまた新たな姿に生まれ変わろうとしているようだった。

それが、あの飛空戦艦の基地としてである。

あれは元々は、王都カイラルまで突撃《とつげき》して来たヴェネフィク軍の将ロシュフォールが率いていた戦艦であるが、イングリスが攻撃《こうげき》して不時着させ、鹵獲《ろかく》をしたものだ。

それが騎士《きし》アカデミーの備品とする事を許され、セオドア特使やミリエラ校長の指揮の下、生徒総出で修復をし、動かせるようになったのだ。

「あ～！　あたし達が塗《ぬ》った色が塗り替《か》えられてるうううううっ！」

ラフィニアが不満そうに頬《ほお》を膨《ふく》らませている。

「まあ全体がピンクなのは、ね……新しい騎士団の旗艦《きかん》になるんだし。色々な作戦に使う事を考えたら、あまり派手な色にするのも良くないよ」

と、イングリスはラフィニアを宥《なだ》める。

騎士アカデミーの皆《みな》で修理作業を行った時、ラフィニアとプラムが全体をピンクに塗りたくっていたのだが、流石《さすが》に相応《ふさわ》しくないと思われたようだ。

確かにイングリス達の私物の星のお姫様《スター・プリンセス》号ならば別だが、公的な物であれば仕方がないだろう。

この星のお姫様号《スター・プリンセス》の少女趣味《しゅみ》全開のピンクの色遣《いろづか》いや、キラキラした可愛らしい目も、ラフィニアとプラムの友情の共同作業の産物だった。

「むううぅぅぅ……せっかくプラムと頑張ったのになあ」

「まあまあ、ほら色は変わったみたいだけど、目は残ってるから大丈夫だよ」

飛空戦艦の船体側面には、ラフィニア達が書いたキラキラした目がそのまま残っている。

それがあるからこそ、色が変わってもあの飛空戦艦だと一目で分かったのだ。

あれを旗艦に新しい騎士団が設立される事になったというのは、レオーネが手紙で教えてくれたのだ。

カーラリアには王国が抱《かか》える聖騎士団、近衛騎士団があり、その他にはユミル騎士団のようなそれぞれの貴族が自らの裁量で抱える戦力がある。

今回は、聖騎士団、近衛騎士団に次ぐもう一つの騎士団の結成という事になるのだろう。

対魔石獣《ませきじゅう》を主眼に置く聖騎士団と、王都や王族の守りを主眼とする近衛騎士団で役割分担は出来ていたと思うが、どういった主任務の騎士団なのだろうか。

そのあたりの詳細《しょうさい》は分からないが、レオーネの手紙では飛空戦艦がアールメンに移されて、アールメンを拠点《きょてん》に新しい騎士団が出来るらしいと書いてあるだけだった。

ただ、セオドア特使もこちらに来ているとの事だったので、王都まで無駄足《むだあし》を踏《ふ》まずに良くなったのは有り難《がた》かった。

「それにしても、レオーネも真面目《まじめ》って言うか、マメよね。お礼なんて休み明けに会った時でいいのに」

「それだけ喜んでくれたって事だよ。よかったね」

「いい事をしたと思うわよ。偉いわね、あなた達」

ここまで移動する最中に、エリスには事情を説明していたのだが、褒《ほ》めてくれた。

「「ありがとうございます」」

イングリスもラフィニアも、エリスににっこり微笑み返す。

「……元に戻してしまうのが少し惜《お》しいわね」

エリスはそんな二人に目を細める。

イングリス達が何をしたかと言うと、レオーネの実家のオルファー邸《てい》に関する事だ。

実はレオーネは、騎士アカデミーに入学する際、実家を引き払《はら》って王都に出てこようとしていたのである。

オルファー邸が残っている事により、アールメンの街の住民には見るたびに裏切者の街として苦い思いを引き摺《ず》らせる事になってしまうし、今後の学費や諸々の資金も足りないとの事だった。

では足りない分を援助《えんじょ》しようと言っても、奥《おく》ゆかしいレオーネは断ってしまうだろう。

だからイングリス達はラファエルと相談し、レオーネには秘密で彼女《かのじょ》が売ったオルファー邸を買い戻し、いつか戻れるように管理しておくように算段をしておいた。

正確にはイングリス達がそれを申し出た際、ラファエルは既《すで》にこちらが考えている通りの手を先回りして打ってくれていたのだが。

騎士アカデミーが休暇《きゅうか》に入り、レオーネは虹の王《プリズマー》との戦いで傷ついたアールメンの街の復旧を手伝えないかと帰郷したらしいのだが、そこでオルファー邸がそのまま残っている事に気が付いたらしい。

館《やかた》を売ったはずの商会に話を聞くと、館はそのままレオーネの物として残っており、戻っていいと伝えられたそうで、そこですぐに感謝の意を伝える手紙をしたためたようだ。

生真面目《きまじめ》なレオーネらしい行動である。

「それで、まずはどこに行くのかしら？　オルファー邸？」

「はい！」

「お願いします、エリスさん。場所はあちらです」

イングリスがエリスを誘導《ゆうどう》し、星のお姫様号《スター・プリンセス》はオルファー邸へと向かって行ったそして段々、オルファー邸の姿が目に入って来る。

以前訪《おとず》れた時と同じだ。

立派な門構えに広い敷地《しきち》だが、庭の中に一本の植木も無い、殺風景な様子である。

だが今回は、前回と少々違う部分があった。

館の門扉《もんぴ》の前に人だかりが出来ており、中を窺《うかが》っている様子なのだ。

「何だろ人がいっぱいいる……？」

ラフィニアがそれを見つけて首を捻《ひね》る。

「レオーネが戻って来たのに気づいて、みんなで来たのかな？」

「……！　またレオーネをいじめるつもり……⁉　今度は大勢で⁉」

ラフィニアが眉《まゆ》をひそめる。

「いや、そうとも限らないけど……？」

「でももしそうなら、レオーネが嫌《いや》な思いをする前に追い返さなきゃ！　可哀想《かわいそう》だもん！

早く行くわよ、クリス！」

ラフィニアがイングリスの手を強く引っ張る。

「はいはい。じゃあエリスさん、着陸をお願いします」

「あ、待ちなさい……！　そんなに焦《あせ》らなくてもすぐ着陸出来るから……！」

「いーえ！　今すぐ行きます！」

言いながらラフィニアはイングリスの背中に抱き着く。

「行くのはわたしなんだけど？」

「クリスの力はあたしの力！」

「ふふっ。間違ってない！」

イングリスはラフィニアを背負い、星のお姫様号《スター・プリンセス》から飛び降りた。

丁度オルファー邸の門前に集う人々の眼前に着地をする形だ。

いきなり幼女を背負って飛び降りて来た幼女に、驚《おどろ》きの声が上がる。

「「おおっ……!?　な、何だ……!?」」

「「う、上から飛び降りて来たのか……!?」」

イングリスはたおやかな笑みを浮《う》かべて彼等《かれ》に呼びかける。

「こんにちは、皆さん。こちらに何か御用《ごよう》ですか？」

「レオーネをいじめたり文句を言いに来たのなら、あたし達が代わりに受けます！　だから帰って下さい！」

と、ラフィニアが呼びかけると集まった人々は一斉《いっせい》に首を振る。

彼等は騎士風の格好をしている者が多いだろうか。

だがそうでない者や、女性の、一般《いっぱん》の住民も混じっている。

「いや、違うんだ。そんなつもりはない……！」

「君達はレオーネ嬢《じょう》の知り合いか？」

「はい。そうですけど？」

ラフィニアが頷《うなず》いて応じる。

「おお、そうなのか……！　彼女がここに戻っているという話を聞いたが、本当か？」

「おそらくは……みなさんお集まりで何の御用ですか？」

イングリスが尋《たず》ねると、少々ばつが悪そうに、騎士の一人が返事をして来る。

「彼女に我々のした仕打ちを謝《あやま》りたくて……な」

「「……！」」

イングリスとラフィニアは顔を見合わせる。

「私は先日の虹の王《プリズマー》との戦いに従軍していたんだ……！　虹の王《プリズマー》が倒れた後、大量の魔石獣が押《お》し寄せて来た時、街を守るために必死に奮戦する彼女の姿を見たんだ……！」

「お、俺もだ……！　俺は直接、魔石獣にやられそうなところを彼女の黒い大剣《けん》に助けてもらった……！」

「我々は彼女を邪険《じゃけん》にしたにも関わらず……な。自分達の行いが恥ずかしいよ、だから一言詫びを入れたいと思うのだ……」

「なるほど、そうですか」

イングリスは虹の王《プリズマー》を撃破《げきは》した後は気を失って、目覚めた時には戦闘は集結していたが、その後の掃討《そうとう》戦もかなりの激戦だったようだ。

虹の王《プリズマー》は倒れても、虹の王《プリズマー》が生み出した無数の魔石獣の大軍はまだまだ健在であり、それらが一斉に襲《おそ》い掛かって来たからだ。

エリス、リップルも気を失っていたため、直後に目覚めたラファエルが獅子奮迅《ししふんじん》の大活躍《だいかつやく》で、レオーネもそれに次ぐと言われる程《ほど》の活躍《かつやく》をしていたそうだ。

リーゼロッテも含《ふく》め、戦功を認められ虹の王《プリズマー》撃破の祝宴《しゆくえん》に呼ばれていた程だ。

その姿は、現場にいた騎士達《きしたち》には鮮烈《せんれつ》に映った事だろう。

レオーネはこのアールメンの街を出る時、レオンを自分の手で捕《と》らえてオルファー家の汚名《おめい》を晴らすと決意していた。

が、それとは別の形で、レオーネ自身がアールメンの人々の信頼《しんらい》を勝ち取り始めているのかも知れない。

「だったら初めからそう言ってくれたらいいのに！　うんうん！　悪いと思ったら謝るのはとってもいい事ですよ！」

ラフィニアがぱっと顔を輝かせて何度も頷く。

「じゃあみんなでレオーネの所に一緒に行きましょ！　さぁ入って入って！」

と、手招きして皆を門の中に誘《さそ》おうとするラフィニア。

「ラニ、そんな勝手に……人の家だよ？」

「大丈夫《だいじょうぶ》よ、あたし達友達だし！　きっとレオーネも喜んでくれるから！」

自分の事のように嬉《うれ》しそうな、ラフィニアの笑顔。

こういう顔を見せられるとイングリスは弱い。

まして今の5、6歳の幼いラフィニアの可愛らしさは、普段より破壊力《はかいりょく》を増している。

「うーん、仕方ないか」

「よーし！　じゃあ突入《とつにゅう》～♪」

と、ラフィニアは門を押し開こうとする。

「い、いやちょっと待ってくれ、勝手に入るのは……」

「そうだ、彼女が我々を許せないのならば、余計心証を損《そこ》ねてしまう」

「できれば、用件を取り次いでもらえないか？」

騎士達は少々遠慮《えんりょ》がちである。

こちらが幼児の見た目では、いいと言っても中々説得力もないだろう。

「え～。気にしなくてもいいのに」

と、ラフィニアが言った時、先に向こう側から門が開いた。

姿を見せたのは、エリスである。

先に庭に降りて門を開けてくれたようだ。

「あ、エリスさん。ありがとうございます」

ラフィニアは気軽に礼を言うが、驚いたのは詰めかけていた人達である。

この国の守り神たる天恵武姫《ハイラル・メナス》のエリスが、ひょっこり姿を見せたのだ。

「「お、おおぉぉ……!?」」

「「え、エリス様っ……!?」」

「ほらほら、天恵武姫《ハイラル・メナス》がいいって言ってるんだから、みんなで行きましょ！」

ラフィニアがそう促《うなが》すが、エリスの表情は鋭《するど》かった。

「待って……！　危険かも知れない」

「え……？　どうしたんですか、エリスさん？」

「危険とは!?」

「こらクリス、喜ばない！」

「可能性、だけれどね……二人だけでいらっしゃい。他の皆さんはここで様子を見ていて下さい」

そう言うエリスの後に続いて、イングリス達《たち》はオルファー邸の庭を館へと近づいて行った。途中《とちゅう》にエリスが着陸させた星のお姫様《スター・プリンセス》号が置いてあり、そこに差し掛かると、イングリスとラフィニアにもエリスの言葉の意味が分かった。

「……！　これは、血の匂《にお》い……!?」

「ホントだ……な、何かあったのかな……!?　レオーネは……!?」

「確かめるわよ、行きましょう」

三人は館の扉《とびら》の前まで進む。

扉は僅《わず》かに開いていて、すぐに押し開けられそうだった。

イングリスが先頭に立ち、扉の取っ手に手をかける。

「開きます……！」

大きく扉を開き、中に踏み込《こ》む。

そこは広間で、突き当たりにすぐ大階段が見える。

そこに何人かの人間が、血を流して倒れているのが見えた。

格好からして、騎士風の男達である。

「人が……!?」

「何があったというの……!?」

外から感じた血の匂いから、予想できた光景ではある。

いや、予想可能な最悪の出来事はレオーネが倒れている事だったので、それに比べればましと言えなくもないかも知れない。

が、いずれにせよ只事《ただごと》ではない光景であるし、レオーネの安否が非常に気がかりになってくる。

「た、大変……！　だ、大丈夫ですか……!?」

ラフィニアが倒れている騎士達の安否を確認《かくにん》のために駆《か》け寄ろうとする。

「待って、ラニ！」

イングリスはその腕を掴《つか》んで止める。

「で、でも無事なら早く治してあげないと、大変な事に……！」

「大丈夫。無事かどうかは分かってるから」

「え……？　じゃあもうダメなの……？」

ラフィニアの顔が曇《くも》る。

もう皆事切れているのかと、そう思ったようだ。

イングリスは首を振って、ラフィニアに応じる。

「ううん。そうじゃないよ、見てて」

ぴっと指を一本立て、倒れている騎士風の男へと指先を向ける。

「お芝居《しばい》は止めて、起きて下さい」

霊素穿《エーテルピアス》！

イングリスが放った光線が倒れている男に向かう。

掠《かす》めるように狙《ねら》ったが、それが着弾《ちゃくだん》する前に——

「ガアアアアァッ！」

唸《うな》り声を上げた男が飛び跳《は》ねて、霊素穿《エーテルピアス》の軌《き》道《どう》を躱《かわ》して見せる。

その動きは俊敏《しゅんびん》で、血を流す程の怪我《けが》の影響《えいきょう》は微塵《みじん》も感じさせない。

見た所足の腱《けん》を斬《き》り裂《さ》かれているように見え、無論血も流れているのだが、それがなかったかのような動きだ。

そして顔つきや目も尋常《じんじょう》ではなく、異様に目を剥《む》き、爛々《らんらん》と輝かせている。

更《さら》には歯が異様に鋭く、肥大化し、特に犬歯が刃《やいば》のように研《と》ぎ澄《す》まされていた。

「な……!?　何これ……!?」

ラフィニアが驚いて声を上げる中、男は剣を腰《こし》だめに、真っ向からイングリスに突撃してくる。

我《わ》が身《み》を顧《かえり》みない、捨て身の戦法である。

常人離《ばな》れした俊敏さと言い、かなり恐《おそ》ろしい刺客《しかく》だと言えるだろう。

「速い……！」

その動きはエリスすら、そう漏《も》らす程だった。

だが――

ぴたり。

男の剣先《けんさき》はイングリスの眼前でぴたりと止まる。

二本の指で挟《はさ》んで止めたのだ。

その力で男が押しても引いても、剣は全く動かなくなる。

「ふむ……中々の力です。やはり動きといい常人離れしていますね」

イングリスはにやりと笑《え》みを見せる。

割と悪くない手応《てごた》えだ。

もう数十体ほど追加して頂けると中々楽しめそうではある。

「魔石獣でもないし、魔印武具《アーティファクト》も使っていない……！　これは一体……!?」

エリスにも見覚えのない現象のようだ。

「魔印喰い《ルーンイーター》って怪人《かいじん》とも違う……！　ね、ねえクリス、何なのこれ……!?　この人達、変よ……⁉　どうしちゃったの⁉」

「不死者だよ」

「うん。ゾンビとか、吸血鬼《きゅうけつき》みたいな」

「不死者？」

「ええっ……⁉　そんなの、お伽噺《とぎばなし》とか怪談《かいだん》の中の話でしょ……⁉」

「でもほら、実際目の前にいるし。竜《りゅう》だって物語の中だけの存在だと思ってたのが、実際にいたでしょ？」

「そ、そうだけど……」

「世の中、不思議でいっぱいなんだよ？」

とはいえこれは、竜のような超自然《ちょうしぜん》の異世界生物ではなく、人の手の届くものだ。すなわち魔術的《まじゅってき》に生み出す事が出来るものである。

イングリス王の時代にあった、禁呪法の類だ。

人をこのように変化させる魔術《まじゅつ》は余りにも人の道に外れると判断したゆえ、イングリス王は魔術の普及《ふきゅう》には努めたものの、不死者を生んだり操《あやつ》るような魔術は邪法《じゃほう》、禁呪法として厳しく禁じた。

強力な魔術ではあるが、後の世には必要ないと判断した。

それが、どれほどの時が過ぎたかは分からないが、こうして使われて目の前にその犠牲《ぎせい》者《しゃ》がいる。

魔印武具《アーティファクト》によるものか、あるいは天上人《ハイランダー》の魔術によるものか、それは分からない。

「……でも、ちょっと憂鬱《ゆううつ》だね」

イングリスはため息を吐《つ》く。

人が良かれと思って禁じたものを。

つくづく、時間というものは残酷《ざんこく》だ。

前世の自分が行った事は全《すべ》てどこかへ消し去られてしまった。

ここでもまた一つ、それを感じさせられた。

やはり時間が経《た》てば消え失《う》せる大義や理想よりも、自分の楽しみを突き詰めて生きて行こう、改めてそう思わされる。

イングリス・ユークスとしての人生は、最後の瞬間《しゅんかん》に後悔《こうかい》を残さない。

ああ楽しかった、やり尽《つ》くしたと笑って大往生を遂《と》げるようにしたいものだ。

「そ、そうね。可哀想……ねえクリス、戻《もど》る方法は……？」

「一度こうなってしまうと、難しいかな。魔石獣《ませきじゅう》と一緒だよ」

とラフィニアに応じてから、イングリスは目の前の不死者に呼びかける。

「さぁがんばって！　もっと力を出して下さい！　もう少しで刃が届きますよ！」

「ガアアアァァッ！」

声援《せいえん》に応じてくれたのか、一層激しく踏み込もうとしてくれる。

「がんばって！　まだまだいけますよ！」

「ちょっとクリス！　楽しんでない⁉」

「せっかくだから！」

それはそれ、これはこれである。

どんな戦いにも己《おのれ》の成長を求めて前向きに取り組んで行く所存である。

「もう……！」

と、ラフィニアが言った直後の事だった。

メギィッ！　グチャリ……ッ！

余りにも強く踏み込もうとしたせいで、イングリスの目の前の不死者の足が折れた。

体の強度を無視して力を出したせいだ。

不死者には理性も痛覚もないため、こういった事はまま発生する。

特に元々足の腱を斬り裂かれている状態であるから、そこから折れてしまったのだ。

「ひいぃぃぃっ……⁉」

ラフィニアが驚いて顔を引き攣《つ》らせる。

「い、命の痛みを、無理やり取り払った存在だから……！　自分の事なんて省《かえり》みないのよ……！」

エリスがそう述べる。

「さすが、よくご存じですね」

不死者にも詳《くわ》しいとは、流石は天恵武姫《ハイラル・メナス》。博識である。

「あなたがそんなに詳しい方が謎《なぞ》だけれどね……まああなたの場合、他にもっと理解できない事があるから、気にしないけれど」

「み、見てられないわ、可哀想よ……！　何とかこれで元に戻ったら！　ええいっ！」

ラフィニアが愛用の弓の魔印武具《アーティファクト》である光の雨《シャイニーフロウ》を引き絞《しぼ》る。

放たれた光の矢は、淡《あわ》い水色の輝《かがや》きを放っている。

治癒《ちゆ》の奇蹟《ギフト》の効果を持つ光の矢だ。

それが不死者の折れた足を撃《う》った。

その様子を見かねて何とか助けられないかと、治癒の矢を放ったらしい。

その優《やさ》しさは、イングリスとしても褒めてあげたい所だが、生憎《あいにく》とそうは行かない。

メギィイイ……ッ！　グシャグジュグチュグチュグチュ……！

逆に不死者の肉体の崩壊《ほうかい》が進み、凄惨《せいさん》な肉塊《にっかい》となって崩《くず》れ落ちて行く。

「ひぃいいいいいいいぃぃぃぃぃぃっ⁉」

大声で悲鳴を上げるラフィニア。

「不死者に治癒の力は逆効果だから」

「……効果覿面《こうかてきめん》ね。ひどい光景だけど」

実際エリスの言う通りだ。

不死者には魔石獣と違《ちが》って物理的な切った張ったも通じるが、原形を留《とど》めないくらいに破壊《はかい》しないと動きを止めないので、耐久力《たいきゅうりょく》はかなり高い。

通常の魔印武具《アーティファクト》で対抗《たいこう》するのなら、これが最も手っ取り早いかも知れない。

「さ、先に言ってよおおおぉぉぉっ！」

「いや、止める間もなかったから」

「もおおぉぉっ！　とにかくレオーネを探しに行くわよ！　こんなのに襲われたら、一人じゃ絶対怖《こわ》いわ！」

「待って、ラニ。あっちに寝《ね》てるのも不死者だよ」

他にも二人ほど、階段の所に転がっているのだ。

血を流しているのは、レオーネを襲って返り討《う》ちに遭《あ》ったのだろうか。

だが不死者としては死んでいないのは明らか。

死んだと思って近づいたところを、不意をついて急襲《きゅうしゅう》するつもりなのだろう。

術者によってそのように動くように操られている、という事だ。

単に襲わせるような動きではない、複雑な動きである。

それだけに、これを行わせた術者の力が窺える。かなりのものだ。

ともあれ相手を討ったと油断してレオーネが近づいたら、急襲を受けて危険だったかも知れない。

本当にレオーネが戦ったのか、まだ館にいるのか、分からないが早く探すべきなのは確かだ。

「さっきの矢であれも倒して頂戴《ちょうだい》」

エリスがラフィニアを促す。

「ええ……!?」

「それが一番早いよ？　わたしがやったら館も壊《こわ》れるし」

流石にレオーネの家なので、そのあたりは気を遣《つか》おうと思う。

「そうね。不死者にはかなりの攻撃を加えないと倒せないわ。あなたの矢なら他に影響させずに倒せる」

「わ、分かりました……えぇぇぇいっ！」

ラフィニアの治癒の矢が、不死者を撃って肉塊へと変える。

矢が着弾した箇所《かしょ》に傷が付き、そこから傷口が広がってグチャグチャになって行くという凄惨さだった。

「ううううぅぅ……やっぱり見た目的な問題があぁぁ……！」

「ほら、レオーネを探しに行くよ、ラニ。人影《ひとかげ》を見たら全部治癒の矢で撃っていいから」

「普通《ふつう》の人間を撃っても無害だものね」

イングリスの言葉にエリスが頷く。

そして三人で、オルファー邸の捜索《そうさく》を開始した。

一階部分を見て回ったが、レオーネの姿は無く不死者が何体かいただけだった。

それはラフィニアの治癒の矢で倒して貰《もら》った。

「いませんね……！　一階には」

「では、上ね」

「あ、でもエリスさん、確かこの館には地下室もあったと思います！　前に泊《と》めて貰った時に見たから……！」

「では二手に分かれましょう。私は上に行くからあなた達は地下を見て来て」

「「はい！」」

イングリスとラフィニアは地下へと降りようとするが、地下室への扉が閉まっている。

「レオーネ！　レオーネ！　いる……!?」

ラフィニアが扉を叩《たた》いて呼び掛《か》ける。

「返事が無いね……内側から鍵《かぎ》もかかってるみたい」

敵から退避《たいひ》するためにレオーネが閉めたのだろうか。

だとしたらレオーネはこの奥に身を潜《ひそ》めていそうである。

「仕方ないわね……！　クリス！」

ラフィニアがイングリスを呼ぶ意図は明らかだ。

「うん、任せて」

つまり、扉を破壊して進む。

イングリスが前に進み出ようとした時――

ギギギギィィ……

向こう側から扉が開く。

「……！　レオーネ⁉」

ラフィニアが奥を覗《のぞ》き込む。

そこにいたのは、こちらが望む顔ではなかった。

「グガアァァァッ！」

不死者がラフィニアの目の前に顔を突《つ》き出した。

「きゃあああぁぁぁぁっ⁉」

「ガアァァッ！」

悲鳴を上げるラフィニアに掴みかかろうとする不死者。

それは、許さない！　イングリスは既に動き出していた。

ラフィニアの顔の横から、イングリスの小さな拳《こぶし》が突き出される。

それが、不死者の横面《よこつら》にめり込んだ。


ドゴオオオォォォンッ！

矢のような勢いで、不死者は下り階段の突き当たりの壁《かべ》に激突《げきとつ》する。

「ラニに触《ふ》れないで下さいね？」

にっこり微笑《ほほえ》むイングリスの横で、ラフィニアが怒《おこ》っている。

「ああ、もう……！　びっくりしたぁぁぁ……驚かせないでよね！」

ラフィニアが治癒の矢をイングリスが吹《ふ》き飛ばした不死者に撃ち込む。

「……見ない見ない、見なかった事にするわ……！」

不死者の肉体が無残に崩壊して行くが、ラフィニアはぶつぶつ言って目を逸らす。

「行こう、ラニ。レオーネがいるかも知れない」

「うん……！」

イングリスはラフィニアの手を引き、地下へと降りる。

「レオーネ！　いたら返事をして！」

「あたし達よ！　ラフィニアとクリス！　声が変わって分からないかも知れないけど！」

呼びかけながら地下を歩いて行くと――

「イングリス……？　ラフィニア……？」

小さな、震《ふる》えるような声が、地下の最奥《さいおく》の部屋から聞こえて来た。

「！　いた……!?」

「こっちね！」

物置のようになっている、部屋の隅《すみ》。

レオーネが黒い大剣の魔印武具《アーティファクト》を抱《だ》くようにして、身を震わせていた。

頬は涙《なみだ》で濡《ぬ》れており、今も泣いていたようだ。

相当怖い思い、辛《つら》い思いをしたようだ。

「レオーネ！　大丈夫……⁉」

「無事で良かった、もう平気だよ」

「え……？　イングリスとラフィニア、よね……？」

レオーネが戸惑《とまど》うのも無理はない。

イングリスもラフィニアも５、６歳《さい》の幼女の姿になっているのだから。

「うん、そうよ！」

「ちょっと魔印武具《アーティファクト》の事故で、こうなっちゃって……」

「そう……びっくりしたわ」

「それより大丈夫、レオーネ⁉」

「怪我はしてない？」

レオーネの服はかなり血で汚《よご》れている。

これは返り血なのかどこかを怪我《けが》しているのか、判断が付かない。

「大丈夫、大丈夫よ……でもわ、私……何て事を……」

レオーネの手が震えて、涙が再び溢《あふ》れてくる。

「大丈夫、大丈夫よ……！　あたし達が付いてるから……！」

「うん、ラニの言う通りだよ。安心して」

イングリスとラフィニアは二人で震えるレオーネの手を握《にぎ》り、背中をさする。

暫《しばら》くそうしていると、少し落ち着いてくれたのかレオーネは状況《じょうきょう》について話し始めてくれた。

「……ラファエル様や、イングリスやラフィニアのおかげで、この館に戻れたわ。本当にありがとう……」

「うん……手紙で見たよ」

「あれを見たから、わたし達もアールメンに来たんだよ」

手紙が無ければイングリス達がここに来なかった事を考えると、レオーネの生真面目な性格が非常に幸いしたと言える。

階段の所で死体のふりをしていた不死者達にレオーネが不意に近づけば、急襲されて危険だったかも知れない。

「だけど、この街の騎士《きし》の人達が訪ねて来て、話がしたいと言うから入って貰ったんだけど……少ししたら様子がおかしくなって……！」

「それで、戦うしかなかったのね……」

ラフィニアの言葉にレオーネが頷く。

「話が通じないし、それでも傷つけないようにしたかったけど……でもダメだったわ。叩いたり殴《なぐ》ったりじゃ全く気絶もしてくれなくて、動きも早くて……だ、だから斬るしかなくなって、私……この街の騎士の人達を……！」

思い返すと恐ろしいのか、レオーネの手がガタガタと震え始め、涙が再び溢れてくる。

「み、みんなのおかげでここに戻らせて貰ったけど、戻って来るべきじゃなかったんだわ……私が許される事なんてないのに、自分なりに頑張《がんば》ったって、浮かれて戻って来たからこんな事に……！　わ、私のせいだわ……！」

レオーネとしては、レオーネの事が許せないアールメンの騎士達が、レオーネが戻った事を聞きつけて襲ってきたのだと受け取っているようだ。

そしてそれを返り討ちにする他がなく、殺めてしまったと責任を感じている。

「そ、そんな事ないよレオーネ！　レオーネは悪くない、悪くないよ……！」

ラフィニアが必死にレオーネを抱きしめている。

イングリスもラフィニアと一緒《いっしょ》に、もう一度レオーネの背中を撫《な》でる。

「ねえクリス？　そうよね⁉」

「うん……そうだね」

「レオーネ、よく思い出して。尋ねて来た人達の顔に見覚えはあった？　多分全員知らない人だったでしょ？」

「え？　ええ……それは、そうだけど……でも皆《みな》の顔なんて分からないし……」

「でも、見覚えのある人が外にいたよ？」

「え……⁉」

「レオーネに謝りたいんだって。この間の戦いでレオーネの事を見かけて、考えが変わったって言ってたよ？」

「そ、そうよ……！　言ってたわよ！　騎士の人達！　あたしは見覚えは、ちょっと良く分からないけど……」

「前に初めてアールメンに来た時に、レオーネに怒ってた人だったから」

「……そうだったっけ？　けど、クリスは人の顔を覚えるのが得意だからなぁ……だからきっとそうよ！　あんなに怒ってた人も見直してくれたんだから、ここに襲って来た人達は……！」

と、そこまで言ってラフィニアは言葉に詰《つ》まる。

「は――何なの、クリス？」

レオーネを守りたい、助けたいという思いは強いが、そこまでは考えが至っていなかったようだ。だがそんなラフィニアも微笑ましい。

「レオーネを狙った、刺客だね。でもアールメンとは関係ないと思う」

「刺客……アールメンとは別の……!?」

「どうしてそれが……？」

ラフィニアとレオーネの問いに、イングリスが応じる前に――

「ゴアアァァァッ……！」

「五月蠅《うるさ》いわね、少し静かにしていて欲《ほ》しいのだけど」

一体の不死者を連れたエリスが、姿を見せる。

不死者は荒縄《あらなわ》で念入りに、身動きが取れないように拘束《こうそく》されていた。

「「エリスさん……！」」

「エリス様……！」

「良かった、無事見つけられたようね。これ？　証拠《しょうこ》に一体くらい拘束して、セオドア特使に引き渡《わた》した方がいいと思って……ね」

「そうですね。セオドア特使ならば、これを行った魔印武具《アーティファクト》や天上人《ハイランダー》に見当がつくかもしれません」

「……宿題が山盛りだわ。少し申し訳ないわね」

「ふふっ、そうですね。ほらレオーネ、見て。これは不死者……魔印武具《アーティファクト》や天上人《ハイランダー》によって人が変えられてしまった状態だよ。ゾンビとか吸血鬼とかって考えればいいよ」

「そ、そんなの怪談とか伝承の類でしか……！」

「それを実際に生み出す力を誰《だれ》かが使ったんだよ。それでレオーネを襲わせた……最初は普通の騎士のふりをさせて、ね。斬られても全然死んでなくて、倒《たお》されたふりをしてレオーネが近づいたら跳《と》び起きて襲うつもりだったんだよ。さっきのレオーネの状態なら、不意打ちをされたら危険だったと思う……そこまで相手は計算してたんだよ」

レオーネは、アールメンの騎士を斬る事になってしまったとショックを受けていた。

そんな茫然自失《ぼうぜんじしつ》の状態で近づいたら、即応《そくおう》出来ずにかなり危険だっただろう。

「……！　そんな……！　だ、誰がそんな事……！」

「誰かは分からないけど、これまでアールメンにいた時はこんな事無かったでしょ？」

「も、勿論《もちろん》よ……！」

「だったら、アールメンの人達の仕業《しわざ》じゃないと思うよ？　元々こんな事が出来るなら、先にやってるはずだから」

「…………」

「不死者の元にされた人達も、アールメンの人じゃないね、きっと……これだけの人数の騎士が行方《ゆくえ》不明になったら目立つし、外にいる人達にそんな素振《そぶ》りは無かったし、多分アールメンの外から連れて来たと思う。調べてみたらわかるよ」

「そうね、それも調べて貰いましょう」

イングリスの言葉にエリスが頷《うなず》く。

「ね？　きっとこれは、レオーネの思ってるような事じゃないと思うよ？」

「ほ、本当……？　私がアールメンの人達を断ったんじゃないの……？」

「そうそう、そうよ！　じゃあ外にいる人達に聞いてみましょ！」

「そうだね、論より証拠だね」

彼等《かれ》がオルファー邸《てい》に詰めかけていてくれて、助かった。

すぐにレオーネに彼らの話を聞かせてあげる事が出来る。

そして彼等が、微妙《びみょう》に憶病《おくびょう》で外でまごまごしていてくれて助かった。

積極的にレオーネと会おうとして中に入っていたら、異変に気付いて館《やかた》に踏《ふ》み込んでしまったかもしれない。

そうなると不死者の餌食《えじき》になっていた所だ。

そうなればレオーネは深く傷つく事になってしまっただろう。

レオーネを引き連れて外に出て、詰めかけていた騎士や住民達に話を聞いてみると、皆首を横に振《ふ》った。

「最近行方知れずになった騎士などはいません……！」

「ああ、私も聞いた事は無い……！」

「この顔に見覚えのある人はいませんか？　かなり人相も変わっているかもしれないけれど……危険だから、あまり近づかないようにしてください」

エリスが縛《しば》り上げた不死者を指差す。

「いいえ、ありません」

「私も」

「俺《おれ》も」

「あたしもだよ……！」

これにも皆首を振る。

「では、答え辛いかも知れませんが……レオーネが戻った事を知り、過剰《かじょう》に反応していたり、襲撃《しゅうげき》を企《くわだ》てていたような人物に心当たりは……？」

そのイングリスの質問には、一番強い否定が返って来た。

「馬鹿《ばか》な……！　そんな者はいない！　アールメンの騎士仲間は皆、これまでの自分の言動を恥《は》じたんだ……！」

「そうだ……！　我々はオルファー家の事に拘《こだわ》り過ぎて、彼女自身《かのじょ》を見ていなかった……！　だが、それにもかかわらず彼女はこのアールメンを守る戦いで、皆の先頭に立ってくれた！　命を救われた者も少なくないんだ……！」

「ああ、だからこれまでの非礼を詫《わ》び、先日の戦いの感謝をしこそすれ……！　襲撃をして傷つけようなどと、とんでもない！　そんな者は我々アールメンの騎士には一人もいない……！」

それを聞き、イングリスはレオーネに微笑みかける。

「だって、レオーネ。刺客とこの人達の言う事と、どっちを信じる……？」

「み、皆さん……」

レオーネが声を震わせて涙ぐむ。

これは地下室で震えていた時とは別の意味を持つ、涙と震えだろう。

「済まなかった、レオーネ殿《どの》……！」

「我々の仕打ちを、どうかお許し頂きたい……！」

「そしてありがとう、君のおかげで我々はあの戦いで命を救われた……！」

皆が勢ぞろいして、一斉《いっせい》にレオーネに頭を下げていた。

「い、いえ……！　いいんです、頭を上げて下さい……！　ありがとうございます、私の事を見てくれて……！　ありがとうございます……」

声が詰まって、涙があふれていた。

「良かったね、レオーネ……！」

ラフィニアも嬉《うれ》しそうだった。

「良くないけどね、街の人のふりして刺客が襲《おそ》って来たんだから」

そう言ったイングリスを、レオーネがひょいと抱き上げて抱きしめる。

「良くなかったけど、良かったああぁぁぁ……っ！」

まるでぬいぐるみ代わりのように、顔を埋《う》めて泣かれた。

普段《ふだん》落ち着いているレオーネにしては大げさな動きだ。それだけ嬉しかったのだろう。

ただラフィニアに言った通り、喜んでばかりはいられないが。

レオーネの命を狙うような刺客を放ってくる輩《やから》が現れたのだ。

アールメンの騎士達《きしたち》の仕業でない事はほぼ確実だろう。

こんな事をするつもりがあるならば、レオーネが騎士アカデミーに発《た》つ前に行っている

はずだ。

彼等はレオーネを邪険《じゃけん》にはするが、直接危害を加えるような事はしてこなかった。

それが急にこんな過激な行動に出るの不自然だ。

外部からの力が加わっているとなると、その動機がオルファー家にまつわる事情かどうかすらも判断できない。

全く別の理由である可能性も大いにある。

イングリスとしては、別の理由があるような気はしている。

レオーネとオルファー家に関しては、レオーネは見直されるような事はしても、これまで以上に怒りを買うような行為《こうい》はしていない。

となると、この襲撃の意図は何だ？　襲われるのはレオーネだけで済むのだろうか？

ここアールメンが新たな騎士団《きしだん》の拠点化《きょてんか》されようとしているのにも、何か関係があるのだろうか？

そうなってくると、権謀術数《けんぼうじゅつすう》や陰謀《いんぼう》の類になって来るか。

ともあれ、不死者を生み出し操る力だ。

魔印武具《アーティファクト》か天上人《ハイランダー》かは分からないが、これは特筆すべき力だ。

特筆すべきという事は、強く、そして目立つ。

これを追えば詳細《しょうさい》は明らかになるだろう。

どこの誰の仕業かは知らないが、もっと上位の不死者、不死王《リッチー》と呼ばれるような極上《ごくじょう》の不死者でも繰《く》り出して貰えれば、戦いとしては楽しめる。

不死王《リッチー》の力は神竜にも匹敵《ひってき》するはずだ。

武公ジルドグリーヴァとの戦いに備えて、今のイングリスには更なる実戦経験を積み力を高める事が急務である。

強敵の影《かげ》が見え隠《かく》れするのは、必ずしも悪い事ではない。

「ふふ、良かったね。ふふふ……」

イングリスは微笑みながら、自分を抱きしめて顔を埋めて来るレオーネの髪《かみ》を撫でる。

「何か怪《あや》しい笑顔《えがお》ねえ……」

流石《さすが》ラフィニアは、とても鋭《するど》かった。

第4章 ♦ 16歳のイングリス 新学期と新生活 その1

そして、騎士アカデミーの休暇《きゅうか》明けの日の朝。

「ん～♪ 戻って来たぁ、あたし達《たち》の食堂！ 今日からまた心機一転して、まずはメニューを最初から一周しちゃおうかな～！」

ラフィニアは笑顔で食堂へと足を踏み入れる。

「おはよ～！ みんな！」

その挨拶《あいさつ》に、振り返る生徒達が多数。

「「おはようございます！」」

「「おはよう！」」

にこやかな朝の光景である。

「おっ……！ 出たねラフィニアちゃん！ こっちの準備は出来てるよ、さぁかかって来なさい！」

すっかりラフィニア達の顔と食事量を覚えている食堂のおばさんも、顔を覗かせて戦いの前の挨拶をしてくれる。

「はい、おばさん……！　今日からまたよろしくお願いします！　取りあえずメニュー最初から全種類一つずつ！」

ラフィニアはぺこりと頭を一つ下げ、無茶《むちゃ》な注文をおばさんに投げつける。

「あいよっ！」

だが慣れたものだった。

あっさり受け入れられて、おばさんは腕《うで》まくりしてフライパンを手に取っていた。

「おはようラフィニア君、イングリス君はどうしたんだ？」

朝食を終えたシルヴァが、ラフィニアの近くを通りかかった。

「あ、おはようございますシルヴァ先輩《せんぱい》。クリスならいますよ？」

「？　いや、姿が見えないが……？」

「いえ、下に……」

と、イングリスはラフィニアの後ろからひょこんと顔を覗かせる。

別に隠れていたわけではないが、身長差があり過ぎて見えなかったのだろう。

「おはようございます、シルヴァ先輩」

たおやかに微笑むイングリスは、５、６歳の幼児の姿のままである。

ラフィニアだけが元の大きさに戻り、イングリスはまだ小さいままだったのだ。

騎士アカデミーの制服は、子供用をミリエラ校長が用意してくれた。

「な……!? そ、その姿は……!?」

「「「か、可愛《かわい》い～～～～～～～っ！」」」

男女入り混じった絶叫《ぜっきょう》のような歓声《かんせい》が、食堂中に鳴り響《ひび》いた。

「まあ、少々事情がありまして……自作していた魔印武具《アーティファクト》が暴発してしまったんです」

「それでそんな姿に……!? ま、まあ怪我《けが》が無さそうなのは何よりだが……」

「暫くしたら元に戻るでしょうし、今のうちにちっちゃいクリスを堪能《たんのう》しようかなあって！

シルヴァ先輩も可愛いって思いますよね？」

言いながらラフィニアはイングリスを後ろから抱き上げて、ぐりぐりと頬《ほお》ずりしてくる。

まるでぬいぐるみ扱《あつか》いである。

先に戻れた方が、通常の体で小さい方を抱っこするのを堪能すると話していたが、先に
戻ったのはラフィニアだった。

セオドア特使やミリエラ校長によって何か手を打って貰ったわけではなく、自然とだ。

魔術的現象に対する耐性《たいせい》はイングリスの方が高いはずなのだが、ラフィニアの方が先に
戻ったのである。その理由は良く分からない。

暴発した魔印武具《アーティファクト》により近い位置にイングリスがいたからだろうか？　それによって効き目が違うという可能性はある。

が、イングリスとラフィニアの魔術的《まじゅってき》な耐性を覆《くつがえ》す程《ほど》の物だろうか？

こちらは霊素《エーテル》を身に纏《まと》っているのだ。

イングリスだけ無事で、ラフィニアだけ幼児化していても何ら不思議は無い。

魔印武具《アーティファクト》の改造に、試《ため》しに霊素《エーテル》を流《なが》し込《こ》んでいたりもしたので、神騎士《ディバインナイト》にも通る奇蹟《ギフト》の威力《いりょく》になっていただけかも知れないが。

そして効果時間については、威力によって延《の》びるような性質ではない、と。

そう解釈《かいしゃく》すれば説明が成り立つだろうか。

ともあれイングリスのこの姿は、自然と治るだろうという事で特別な対応はしない事になった。

レオーネのオルファー邸《てい》を訪《おとず》れた後に、アールメンの街でセオドア特使やミリエラ校長を訪ねて話をしたが、その途中《とちゅう》でラフィニアの姿が戻ったからだ。

「あ、ああ……可愛いな。とても……」

そうシルヴァが言った時、イングリスの目の前ににゅっと手が伸《の》びて来た。

その手はラフィニアに抱っこされたイングリスの頭をぐりぐりと撫でる。

「かわゆす」

無表情なので、その口ぶりから感情を読み取る他は無いが、ユアとしても幼女のイングリスは可愛いらしい。

「ユア先輩！　おはようございます、お久しぶりです」

「ちっこいおっぱいちゃん、おっぱいちゃんじゃなくなったね？」

「ははは、そうですね……」

「ユア先輩もクリスを抱っこしてみますか？」

「いいの？　わーい」

台詞《せりふ》だけは喜んでいるが、表情が少し動いたくらいだ。

ともあれユアがイングリスを抱っこする。

「おー。やわらけー。いい匂《にお》いがするね？」

くんくんとイングリスの匂いを嗅《か》いでいる。

「そ、そうですか？　ありがとうございます」

「たかいたかーい」

ユアの力なので、幼児のイングリスを頭上に持ち上げる事など簡単だ。

「ははは、それはもっと小さい子にやるものですね？」

「あ、そう？　もっと高く？」

ユアがイングリスの体をひょいと上に投げる。

ぽーん。ぽーん。ぽーん。

天井《てんじょう》あたりまで飛んだイングリスの体をまた受け止め、また投げ上げる。

「楽しい？　ちっこいおっぱいちゃん？」

「いや、そういう意味では……そもそも小さいのは姿だけですし」

「こら、そんな小さい子をそんな風に扱うな、ユア君！　危ないだろう！」

「……メガネさん、羨《うらや》ましい？」

「そ、そんな事を言っている場合じゃないだろう……！」

「ほい、どぞ」

と、イングリスをシルヴァに差し出そうとする。

「いや、そういう事を言っているのでは……！」

「抱っこしなくていいの？」

「いや、そう言っているわけでは……！」

「じゃあ、どぞ」

「ははは……」

完全にぬいぐるみや小動物の扱いだ。イングリスは思わず苦笑《くしょう》する。

「むぅ……し、仕方ないな……」

シルヴァが手を出そうとして——

「やっぱだめ」

ユアがひょいとシルヴァの手からイングリスを引き離《はな》す。

「……！」

「セクハラ、よくない。小さいのは姿だけだから」

「そ、そんな事は分かってる……！」

「がっかりした？　やーい」

「こ、このおおぉぉ……っ！」

「ははは……構いませんよ、シルヴァ先輩さえよければどうぞ？」

「ほ、本当かい、イングリス君⁉」

シルヴァの顔がぱっと輝《かがや》く。

どうやらラフィニアやユアが羨ましかったらしい。

「はい、どうぞ」

「お、おお……！　で、では失礼する！」

シルヴァがユアからイングリスを奪《うば》い取る。

「ははは、思い出すよ。うちは兄さんと男兄弟だから、妹が欲しくってね」

「あははは、シルヴァ先輩がそんなに嬉しそうなのって初めて見たなあ。さっすがちっちゃいクリスの破壊力《はかいりょく》は凄《すご》いわね～♪」

ラフィニアがうんうんと頷いている。

だが嬉しそうなシルヴァの前に進み出る人影が一つ。

「シルヴァ先輩！　次はわたくしに！　わたくしにも抱っこさせて下さいませ！」

物凄《ものすご》く目をキラキラさせてそう言うのは、リーゼロッテだった。

休暇で暫く顔を見ていなかったが、元気そうで何よりである。

「あ、リーゼロッテ。久しぶりだね」

「はい、お久しぶりですわ！　レオーネも言っていましたが、本当にすごくすごくすっご――く可愛いですわねっ！」

「ふふふ、ありがとう」

それを皮切りに、他の生徒も次々詰めかけて来た。

「つ、つぎ私もいい!?　イングリスちゃん！」

「わ、わたしも！」

「俺も俺も！　お、男でもいいんだよな……!?」

あっという間に出来る人だかり。

「はいはーい。クリスを抱っこしたい生徒の皆さーん、一列に並んでくださーい」

早速《さっそく》、行列の整理に取り掛かるラフィニア。

止めるつもりは全くないようだ。

まあイングリスが逆の立場だったとしても、小さくなったラフィニアを皆が可愛い可愛いと抱っこしたがるのは嬉しいだろう。

そこはお互《たが》い様《さま》なので、文句は特にない。

「あのう……ラフィニアさん、先生の場合はどうすれば？　一緒に並んでいいですか？」

おずおずとした調子で、ラフィニアの前に進み出る人物がいた。

猫《ねこ》のような耳と尾《お》をした、髪の長い獣人種《じゅうじんしゅ》の少女である。

清楚《せいそ》で淑《しと》やかそうな印象で、騎士アカデミーの教官用の服装に身を包んでいる。

「アルル先生……！　はい、一緒にどうぞ！」

ラフィニアがにっこり笑ってアルルに頷く。

アルルは元々隣国《りんごく》ヴェネフィクに所属していた天恵武姫《ハイラル・メナス》だ。

恋人《こいびと》であり、特級印を持つヴェネフィクの将軍ロシュフォールと共に王都カイラルにまで奇襲攻撃《きしゆうこうげき》を仕掛《しか》けてきたが、イングリスがそれを撃退《げきたい》し、アルルもロシュフォールも捕虜《ほりよ》になった。

ロシュフォールは死病に冒《おか》されており、命の残り火を燃やしているような状態だった。が、イングリスが万病を治す霊薬《れいやく》となり得る神竜《しんりゆう》フフェイルベインの肉を与《あた》えた事により、体は見る見る快方に向かったようだ。

そして騎士アカデミーが休暇入りする少し前、アルルとロシュフォールは揃《そろ》ってアカデミーの教官に就任する事になり、イングリス達も既《すで》に何度か訓練を共にしていた。

この人事は当然カーリアス国王の許可を得たものであるが、単に国王が寛大《かんだい》であり人材を有効活用したいという考えだけではない。

ロシュフォール達とまた戦いたいという、イングリスの希望に沿ったものだろう。

教官として送《おく》り込んでやるから、好きなだけ戦っていいという事である。

ただし問題を起こさないように責任は持て、との意図も感じる。

さすが、カーリアス国王は人の心が分かる王である。

そして、噂《うわさ》に聞く新騎士団設立の絡《から》みを考えると、更《さら》にそれだけではない別の狙《ねら》いも見え隠れして来る。中々に色々な意図を詰め込んだ人事であろうと思われる。

イングリスとしてはアルルとロシュフォールが訓練に付き合ってくれて満足である。

「ありがとうございます！　ロス、一緒に並びましょう！　とっても可愛いですよ！」

「やれやれ……私はお腹《なか》が空いたのだがなァ」

手招きするアルルに応じるのは、赤い髪の青年、ロシュフォールだ。

こちらも当然騎士アカデミーの教官の制服である。

ロス・ロシュフォールがロシュフォールのフルネームだ。

イングリス達はロシュフォール先生だが、アルルだけは名前の方を呼ぶ。

「ご飯なんていつでも食べられます！　あんなに可愛いイングリスさんを抱っこできるのは今しかありませんよ!?」

「そうかねェ？　どうせ放課後実戦訓練とやらに延々付き合わされる羽目になるわけだが、その時でいいと思うんだがなァ？」

「よくありませんっ！　さあさあ、行きましょうっ！」

控《ひか》え目《め》で大人しいアルルにしては、珍《めずら》しく押《お》しが強い。

「やれやれ……ま、お付き合いさせて頂こうか」

仕方ないと肩《かた》を竦《すく》めるロシュフォールだが、どこか嬉しそうでもある。

アルルが自ら積極的に、しかも嬉しそうに行動しているからかも知れない。

何だかんだと言っても、ロシュフォールはアルルに甘《あま》い。

いや、アルルだけでなくイングリス達にも甘いし訓練にも良く付き合ってくれる。

実は結構、教官には向いているのかも知れない。

「じゃあロシュフォール先生もですね！　クリス！　もう一人お客さん追加よ♪」

「お店じゃないけどね……」

そうして希望者全員に抱っこされてから、イングリスとラフィニアはお待ちかねの朝食に入った。


ばくっ！　ばくばくっ！　ばくばくばくばくばくっ！


「ん～！　美味《お い》しいぃぃぃぃ～～！　食堂の味は、第二の故郷の味って感じね！」

「そうだね、そんなに長い間じゃないけど、懐《なつ》かしい感じがするね」

ラフィニアとその膝《ひざ》に座《すわ》ったイングリスが猛然《もうぜん》と、テーブルの上に並べられた料理を平らげて行く。

「ち、小さくなってもまるで変わりませんのね、イングリスさんは……」

「そ、そうよね……どうなってるのかしら……」

レオーネもリーゼロッテも、イングリスの食べっぷりに驚《おどろ》いていた。

「いや、全然違《ちが》うよ……！」

と、イングリスは表情を鋭くする。

そして、握ったフォークを目の前のお皿の唐揚《からあ》げに伸ばそうとする。

が、少し届かなくて、うーんと背伸《せの》びをしていると――

ひょい。

先にラフィニアの手が伸びて、唐揚げを取ってしまう。

「あー！　ラニ、それはわたしの……！」

「こひゃんふぁたりゃきゃいひょ！　はりゃいひょのりゃら！（ご飯は戦いよ！　早い者勝ち！）」

「ううう……！　ラニのいじわる……！」

手が短いのでラフィニアの膝の上に座っていると、どうしても取り負けるのだ。

「ま、まあまあ、まだまだ食べ物はいっぱいあるじゃない？」

テーブルの向こう側に座っているレオーネがイングリスを慰《なぐさ》めてくれる。

「でも食べたい順番とかあるんだよ……！　今は唐揚げが食べたかったの！」

そしてラフィニアとイングリスは幼い頃《ころ》から一緒であるため、食べ物の好みや食べたくなる順番など、とても似ている。

だから好みがぶつかって奪い合いがしばしば発生するのだ。

「そ、そう？　じゃあこっちに座って食べる？　その方が取りやすいかも？」

「うん、そうさせて貰《もら》おうかな」

イングリスはラフィニアの膝からぴょんと下りた。

「お邪魔《じゃま》します」

一言断って、レオーネの膝に入る。

「うん、どうぞどうぞ」

レオーネもイングリスを膝に入れたかったようで、嬉しそうである。

「んー……届かない」

逆側から唐揚げを取りたかったのだが。

「はい、取ってあげるわ。イングリス」

「ありがとう、レオーネ」

優《やさ》しい。

どうも食事の時はラフィニアの膝の上よりもレオーネの膝の上の方がいい気がする。

ラフィニアの膝の上の位置関係では、食べたいものが被《かぶ》った時の奪い合いに確実に負けてしまう。やはり手の長さは食卓《しょくたく》の戦いでは重要である。

「うん、美味しい……！」

レオーネが取ってくれた料理を次々口に運ぶイングリス。

ラフィニアに邪魔されず軽快なペースで食べて行く。

のだが、少々問題があった。

「……うーん……」

「？　どうかした、イングリス？」

「いや……」

と、イングリスはレオーネの方を振り向く。


むぎゅ。


顔がレオーネの胸に埋まる。

別に意図的にそうしたわけではないが、自然とそうなった。

「ご、ごめん。レオーネ……」

「いいわよ、気にしないで？」

だがイングリスとしては罪悪感を覚えざるを得ない。

これが５、６歳《さい》の幼女だから平気な顔をして許されているが、元の老王だったら悲鳴を上げて拒否《きよひ》されるだろう。間違《まちが》いない。

そして先程《さきほど》感じた問題もこれと原因は同じだ。

レオーネの胸が大きすぎる。

イングリスが膝に座りながら伸びをしたり、背中を預けたりすると、大きな胸が邪魔である。どうしてもこちらの姿勢が前かがみ気味にならざるを得ず、窮屈《きゆうくつ》なのだ。

その存在感に自分から埋もれて行って楽しめるくらい図太ければ天国だろうが、イングリスとしては、そうはならない。

そして更に――


ぶるぶるぶるっ。


レオーネの胸全体が震《ふる》え出す！

「あ……！　ちょ、ちょっとダメ……！　ひゃんっ！」

リンちゃんがレオーネの胸の谷間から、ひょっこり顔を覗《のぞ》かせる。

そして首を横に振っているように見えた。

「ああ、レオーネは自分専用だって？　ごめんね、邪魔して？」

確かにイングリスがこの状態なので、リンちゃんが胸に入りたがるのはレオーネだけである。のんびりしていた所をイングリスが外から胸に顔を埋めて、邪魔されていると思ったのだろう。

「うう……今のイングリスは可愛いけど、早く戻《もど》って欲しいのもあるかも……」

レオーネがため息を吐《は》く。

「そ、そうだね。わたしはもうちょっとこのままでいいかなあって思ったよ」

確かに、このままではずっとレオーネがリンちゃんを胸に入れ続ける事になる。

「ひどいわよ……！　早く助け合いましょう、すぐ戻って！」

涙目《なみだめ》のレオーネが恨《うら》めしそうにこちらを見る。

「ははは……できればね。ラニは自然と戻ったしわたしもそのうち戻るよ」

「ではこちらになさいますか？　イングリスさん？」

レオーネの隣《となり》のリーゼロッテが、自分の膝をぽんぽんとしてイングリスを誘《さそ》う。

「うん、じゃあそうさせて貰おうかな」

「はい！　どうぞどうぞ！」

リーゼロッテが嬉しそうに顔を輝かせる。

「では、わたくしがお料理をお取りしますわね♪」

リーゼロッテが機嫌《きげん》良さそうに料理を取ってくれる。

ラフィニアのようにイングリスの食べ物を取らないし、レオーネのように胸とリンちゃんが気になる事もない。

「うーん。ここが一番落ち着いて食べられるかも」

「あら、そうですか？　では暫《しばら》くわたくしと一緒《いっしょ》にお食事をいたしましょうね？」

リーゼロッテは嬉しそうにイングリスの頭を撫《な》でたり、ぎゅっと抱《だ》きしめたりする。

食べるイングリスの邪魔にはならないように気遣《きづか》ってくれるので、特に問題はない。

やはりリーゼロッテの膝に入って食べるのが一番良さそうだ。

「ラフィニアさんも小さくなられたのですよね？　それも見たかったですわねえ」

と、リーゼロッテは残念がる。

「ええ、可愛かったわよ。とっても」

レオーネが微笑《ほほえ》んでそう言う。

「惜《お》しい事をしましたね、わたくしもアールメンに行く用事があれば良かったのですが」

「でも、見たくないものも見せられたわよ？」

そう応じたのはラフィニアだった。

「うん。あれは中々ね、何て言うか、エグくてグロいわ。こんなご飯時に言う話じゃないけど……」

「……不死者、ですわね」

あの事件の事も、勿論《もちろん》アールメンでセオドア特使やミリエラ校長に報告している。

ウェイン王子の耳にも入っているはずだ。

アールメンの騎士達の手も借りて、現地では調査が進んでいる。

「ですがそれも含《ふく》め、ですわ。友人が危険な時にわたくしだけ駆《か》けつけられなかったのは悔《くや》しいですもの」

「リーゼロッテ……ありがとう」

イングリスもラフィニアも、リーゼロッテの言葉に微笑んで頷く。

「いいえ。にしても、不死者……ですか。それは、とても珍しい存在なのですよね？」

「そうだね。凄く希少な魔印武具《アーティファクト》か、天上人《ハイランダー》の魔術《まじゅつ》か、だと思う」

「ですがそれ……わたくしが見たものと似ているような」

リーゼロッテが難しそうな顔をする。

「えぇえっ⁉　リーゼロッテも不死者を見たの⁉」

ラフィニアがガタンと席を立つ。

「ぶ、無事で良かったわ……！」

レオーネはほっと胸を撫で下ろしている。

「そうだね、よかった。どういう状況《じょうきょう》だったか教えてくれる？」

「ええ、皆《みな》さんのお話を聞いただけですので、断定はできませんが……」

そう前置いて、リーゼロッテは休暇中の出来事を語り始めた——

◆◇◆

王都カイラル。王城内の大会議室。

お祭り騒《さわ》ぎだった虹の王《プリズマー》打倒《だとう》の祝いに一段落が付いた後、王城では連日各地の有力諸侯《しょこう》達《たち》を交えた会議が催《もよお》されていた。

今回の事態でカーラリアを挟撃《きょうげき》しようとしたヴェネフィクとアルカードに対する今後の対応を協議するためである。

虹の王《プリズマー》打倒の祝いのために諸侯《しょこう》が王都に集まったのは、丁度都合が良かったと言えるだろう。

リーゼロッテは会議に出席中の父、アールシア公爵《こうしゃく》の護衛役としてその場に随行《ずいこう》していた。宰相《さいしょう》の地位は辞した父だが、それでもシアロトの街を中心としてカーラリア国内の西部沿岸地域に広大な所領を持つ公爵である。

自前の騎士団を抱《かか》え、有能な騎士《きし》もいるが、リーゼロッテが自分で願い出たのである。

母は既に他界し、父一人娘《むすめ》一人の家族である故、これも家族水入らずの形の一つだ。

その日の議題は、東の隣国ヴェネフィクへの今後の対応についてだった。

「既に謝罪の使者を遣《つか》わし、先の虹の王《プリズマー》会戦にも支援《しえん》を寄越《よこ》したアルカードはともかく、ヴェネフィクなどに容赦《ようしゃ》はなりませんぞ！　奴等《やつ》は過去幾度《いくど》も我《わ》が国《くに》を侵《おか》し、多くの被害《ひがい》を生み出しております！　今回も王都を直接襲撃《しゅうげき》しておきながら、謝罪の一つもなし！　聖騎士団の報告によれば、最終的に虹の王《プリズマー》を解き放ったのも奴等だというではありませんか！」

そう声高《こわだか》に叫《さけ》ぶのは、現宰相であるリグリフ公爵だった。

アールシア前宰相からその立場を受け継《つ》いだのが彼《かれ》である。

「しかしながらな、リグリフ宰相……氷漬《づ》けの虹の王《プリズマー》をヴェネフィクとの国境地帯に移送したのはこちらだ。それが彼等を刺激《しげき》した可能性は否《いな》めぬ。こちらに何も落ち度がなかったわけではない、もっともその責を負わねばならぬのは、あの計画を立案した私だが……」

ウェイン王子が、静かにそう述べて瞑目《めいもく》する。

熱くなるリグリフ宰相を諫《いさ》めるような形だ。

「氷漬けの状態でも周囲に魔石獣を生み、被害が拡大しつつあった状況では止《や》むを得《え》まい……あれが王都側でなくヴェネフィク領内に侵攻《しんこう》しておれば、共に手を携《たずさ》える機会ともなり得た。結果は凶《きょう》と出たが、それをイングリスらに救って貰った。お前の責を問おうとは思わぬよ、ウェイン」

今度はカーリアス国王が、ウェイン王子を宥《なだ》める。

「父上……面目御座《めんぼくござ》いませぬ」

「何もウェイン王子を責めようというわけでは御座《ござ》いません！　ですが我が領内では実際に虹の王《プリズマー》の侵攻により、生命財産を奪われた民も多う御座います！」

リグリフ宰相の所領は、ヴェネフィクとの隣接《りんせつ》地域も含むカーラリアの東部にある。

その規模は大きく、東部随一《ずいいち》の所領を誇《ほこ》る公爵家である。

そしてその領内に虹の王《プリズマー》が侵攻したのは紛《まぎ》れもない事実だった。

「これは宰相としてよりも、ヴェネフィクの奴等と隣接する土地を預かる領主としての願いであります！　何卒奪《なにとぞうば》われたものを奪い返す機会を！　幸い対虹の王《プリズマー》の戦いは、想定よりも遥《はる》かに少ない騎士団の被害で済んでおります！　それを以《もっ》てヴェネフィクへの進撃《しんげき》を！　過去より未来に亘る禍根《かこん》をこの際断《た》ち切るべきです！」

リグリフ宰相が声高に叫ぶと、それに同意する諸侯達も声を上げ始める。

「国王陛下、ウェイン王子！　リグリフ宰相の申す通りです！」

「我が領地も被害を出しました、その分を奴等から取り戻さねば民も納得《なっとく》しません！」

「幸い王都に攻め寄《せ》せて来た奴等の軍は撃滅《げきめつ》しました！　戦力は低下しているはず！　これは好機です！」

「「「そうだそうだッ！」」」

いくつもの声が、リグリフ宰相に同意をする。

顔ぶれを見ると、東部地域に所領を持つ諸侯達が多いだろうか。

東部は過去何度もヴェネフィクからの侵入《しんにゅう》を受けているし、伝統的にヴェネフィクへの敵愾心《てきがいしん》は強い。

それが今回の事態で、頂点に達しようとしている。

父の姿を後ろの壁《かべ》際に立って見つめつつ、リーゼロッテはそう感じた。

もしかして、ヴェネフィクとの戦争になるのだろうか？

リグリフ宰相をはじめとする、強硬《きょうこう》意見を主張する者達の気持ちも理解はできる。

ただ、いつ虹の雨《プリズムフロウ》が降るかも知れず、いつ虹の王《プリズマー》が生まれて人々を襲《おそ》うかも知れない状況は変わらない。

それなのに地上の人間同士の戦争は、如何《いかが》なものかと思う。

実際にヴェネフィクの被害を受けて来た東部地域の諸侯達にとっては、魔石獣もヴェネフィクも同じ外敵であるのかも知れないが。

リーゼロッテがヴェネフィク攻撃《こうげき》に素直《すなお》に賛同できないのも、その被害を受けて来なかった西部の公爵家の人間だからかも知れない。

だが、虹の王《プリズマー》会戦で遅れ馳《ば》せながらも死力を尽《つ》くして戦った身からすれば、想定よりも遥かに少ない被害で勝てたから、その分を転用してヴェネフィクを攻めようという論調には賛成できない。

人間同士で戦争をするために、あの戦いがあったわけではない筈《はず》だ。

「わたくし達の戦いは、戦争のためにあったわけでは……」

歩哨《ほしよう》に私語など厳禁だが、思わず小さく漏《も》らしてしまう。

共に戦った皆の顔が浮《う》かんでくる。

レオーネもラフィニアもプラムもラティも、みんなそう言うはずだ。

そしてイングリスの顔が浮かんで――

「う……」

少々眩暈《めまい》を覚えた。

イングリスだけは「やった！　ではわたしが先鋒《せんぽう》を務めます！」とか言って嬉々《きき》として飛び出して行ってしまいそうだ。

まあラフィニアに任せれば何とかなるだろうから、そこは考えないようにしよう。

ラフィニアの凄い所は、騎士としての能力もさる事ながら、その人間的な魅力《みりょく》でイングリスを完全に従えている所だ。

イングリスは武力でも知力でも、おまけに容姿でも他とは一線も二線も画す突《つ》き抜《ぬ》けた存在である。

性格も別に悪くなく、優しさもあり周囲への気遣いもできる。

だが人間全《すべ》てが完璧《かんぺき》という訳も無く、自分の力を磨《みが》く意識がとにかく強過ぎるあまり、善悪の区別を置き去りにする傾向《けいこう》がある。

放っておけば、あっという間に道を踏《ふ》み外《はず》してしまいかねない。

そこをラフィニアががっちりと、イングリスと腕を組んで正しい方向に引っ張っているような形である。

「……お嬢様《じょうさま》、ご気分でもすぐれませんか？　であれば別室でお休み頂いて……」

と、リーゼロッテに声をかけてくれたのは、二十代中頃《なかごろ》ほどの、気品のある女性だ。

アールシア公爵家が抱える、シアロト騎《き》士《し》団《だん》の騎士団長ライーザだった。

実際の年齢《ねんれい》は見た目より上と聞いた事もあるが、正確な年齢は本人が教えてくれない。

リーゼロッテにとっては、武技を教えて貰った師匠《ししょう》でもある。

リーゼロッテがアールシア公爵の護衛を買って出たのは、ライーザとも一緒にいられるからでもあった。

「いえ、大丈夫《だいじょうぶ》ですわ。ありがとうございます」

笑顔《えがお》でそう応じてから、議論の様子に再び意識を向ける。

カーリアス国王やウェイン王子は戦争に前のめりな様子ではないが、ヴェネフィク攻撃に乗り気な東部諸侯の意見を抑《おさ》えられるのだろうか。

リグリフ宰相の意見に賛同する声だけが、次々と上がって行くのだ。

「……いや、私は反対する」

と、そこでその場の盛り上がりに冷水を浴《あ》びせ掛《か》けるように口を開いたのは、他でもない、父アールシア公爵である。

それまで無言で議論を聞いていたアールシア公爵に、その場の視線が一気に集中する。

「アールシア公爵！　西端《せいたん》を治める貴公には他人事のように思えるやも知れぬが、こちらは実害を被っておるのだ！　ヴェネフィク共に目にもの見せてやらねば収まらん！」

リグリフ宰相がアールシア公爵を睨《にら》みつける。

「左様ですぞ、アールシア公爵！」

「我等東部の者のために戦費や兵を出すのが惜しいと仰《おっしゃ》るか⁉」

「それでは余りに、薄情《はくじょう》というもので御座いますぞ！」

東部の諸侯は、一斉《いっせい》にリグリフ宰相の肩を持つ。

「貴公らシアロト領の者の戦力など期待せぬわ！　我がリグリフ公爵家の騎士団が討伐軍《とうばつ》の中核《ちゅうかく》を成す！　それを聖騎士団や近衛騎士団に支えて頂ければ結構！」

「「おお……リグリフ宰相！　流石《さすが》に御座います！」」

多数を向こうにしても、アールシア公爵は冷静に言い返す。

「今回の事態における東部所領での被害は、虹の王《プリズマー》によるものであってヴェネフィクによるものではない。ヴェネフィクによる純粋《じゅんすい》な被害で言えば、突撃《とつげき》軍による強襲《きょうしゅう》を受けた王都のそれが当て嵌《は》まる。当然の事ながら王都は王家の直轄地《ちょっかつち》。その被害についてどう捉《とら》えるかは、国王陛下やウェイン王子のお考え次第《しだい》ではないか？」

「ぬ……⁉　では貴公は我々に泣き寝入《ねい》りをせよと申されるのか⁉」

「……そうは言っていないが、貴公らのその態度は不遜《ふそん》だと指摘《してき》させて頂く」

「何ィ……⁉」

「「どういう事で御座いますか、アールシア公爵！」」

「声高にヴェネフィクへの出兵をせびる前に、諸君らの所領を素通《すどお》りするヴェネフィク軍を見過ごし、王都にまで到達《とうたつ》を許した失態を恥《は》じ、沙汰《さた》を待つ態度を見せるべきではないか？　国王陛下は一歩間違えば命を落とされる所だったのだ。主君のお命を危機に曝《さら》した罪は、軽くはないと思うのだが？」

「ぬ……!?」

「「そ、それは……」」

「「確かに、我等の……しかし……」」

アールシア公爵の鋭《するど》い視線と指摘に、強硬派《きょうこうは》の諸侯は意気消沈《いきしょうちん》する。

「「確かに……アールシア公爵の仰られる事も最もですね」」

「「虹の王《プリズマー》の侵攻があったとはいえ……由々《ゆゆ》しき事ですな」」

アールシア公爵の意見に賛同する声は、東部以外の諸侯達が多い。

「よい。それはもう、過ぎた事……我はこうしておる。不問に致《いた》す」

「……臣下を代表し、お礼を申し上げます。寛大な処置をありがとうございます」

アールシア公爵は深々とカーリアス国王に頭を下げる。

「……勝手に代表するでない！　陛下！　誠《まこと》に申し訳ございませんでした！」

「「申し訳ございませんでした！」」

リグリフ公爵や東部諸侯もそれに続いていた。

「よいよい。常に我等が見つめるべきは、これまでの事よりこれからの事よ」

カーリアス国王はそう大らかに述べて、皆の謝罪を受け入れていた。

対ヴェネフィクの方針についての話し合いを続ける構えだが、先程までとは空気は一変していた。

一気に戦争に雪崩《なだ》れ込《こ》みかねなかった流れを一瞬《いっしゅん》にして変えてみせたのは、間違いなく父アールシア公爵の手並みによるものだ。

父親の仕事ぶりを間近に見て、リーゼロッテとしては凄いと思ったし、誇らしかった。

やはり戦争はしたくないし、それを止める側にアールシア公爵が立ってくれて嬉《うれ》しい。

「その上で申し上げますれば、私としては今は国内の被害の復興に努める時であり、派兵には賛成いたしかねますが……ビルフォード侯爵《こうしゃく》の意見も頂きたい所ですな。仮にヴェネフィクへ出兵するにしても、リグリフ公爵家の騎士団を主力とするにしても、その他の兵力の派兵も免《まぬが》れません。特に此度《こたび》の虹《プリズマー》の王会戦で武功を上げた者達《たち》の参戦は外せぬ所でしょう。その力を使わぬ理由がない。となると、彼等の大部分はビルフォード侯爵家に連なる者達で御座います」

「うむ……道理だな。ラファエルもラフィニア嬢《じょう》もイングリス嬢も卿《きょう》の縁者《えんじゃ》だ。どう思うか是非《ぜひ》意見を聞かせてくれ」

ウェイン王子が大きく頷《うなず》き、ビルフォード侯爵に発言を促《うなが》した。

「は、はは……っ！」

急に話が振《ふ》られるとは思っていなかったのか、ビルフォード侯爵は少々慌《あわ》てた様子だった。畏《かしこ》まった話し合いというのは少々苦手なのかも知れない。

何となくだが、ラファエルというよりはラフィニアに似ている感じがする。

会議前にも少し挨拶《あいさつ》させて貰ったが、明るい雰囲気《ふんいき》の人だった。

「我等ユミルの者は、王家の忠実なる僕《しもべ》で御座います。国王陛下と王子殿下《でんか》のご決定ならば、無論ヴェネフィクとの戦場に立ちましょう。その事に嘘偽《うそいつわ》りはございませぬ。ただ……彼等の親として申すならば、皆魔石獣《みなませきじゅう》との戦いに臨《のぞ》む覚悟《かくご》は常に御座いましょうが、敵兵を討《う》ち領土を切り取る戦いは教えては御座いませぬ。その点は少々心配では御座います。ラファエルはともかく、娘達《むすめたち》は……」

それを聞いていて、ラフィニアは確かに割り切れるか心配だろうが、イングリスには心配ないだろうとリーゼロッテは感じた。

が、直後に気が付いて思い直す。

心配と一言に言っても、色々な意味があるのだ。

ラフィニアは確かに、こちらからヴェネフィクを攻撃しに行く戦いを割り切れず、傷つく心配があるだろう。リーゼロッテが抱える不安と同じだ。

が、イングリスの場合は、逆に割り切り過ぎてやり過ぎる心配がある。

どちらもまた、心配と言えば心配である。

ビルフォード侯爵がどういう意味で言っているのかまでは分からないが、間違っていないのは確かだ。

言葉というものは奥《おく》が深い。

「何より、虹の王《プリズマー》会戦で激戦を潜《くぐ》り抜けた者達は、まだ疲《つか》れておりましょう。いずれにせよ今暫く休ませてやりたい、というのが正直な所で御座います」

「うむ……卿の見解は良く分かった。魔石獣の発生でも、攻め寄せる敵兵を食い止めるのでもない。こちらで決める行動であればこそ、配慮《はいりょ》は必要であろうな」

ウェイン王子は、ビルフォード侯爵の言葉に頷く。

それを見て、リグリフ宰相の方は悔しそうに歯噛《はが》みをしている。

「……が、リグリフ公爵領をはじめ、東部の民に被害が出た事も事実。彼等に何かしらの希望を……少なくともヴェネフィクの脅威《きょうい》は取り払《はら》われたと感じさせてやりたいと願うのは、領主として決して無理からぬ事。先の王都への突撃軍を見過ごしてしまった不名誉《ふめいよ》を挽回《ばんかい》したいという気持ちもあろう。それもまた、忠誠の現れ。私としては、嬉しく思う」

「さ、左様でございます、ウェイン王子！　何卒《なにとぞ》我々の忠誠をお汲《く》み取り下さいませ！」

ウェイン王子の慮《おもんぱか》った発言に、リグリフ宰相が少し勢いを取り戻す。

「……父上、如何なさいましょう。差し支《つか》えなければ我が考えを述べさせていただいて構いませぬか？」

ウェイン王子はカーリアス国王に呼びかける。

「よかろう。申してみよ」

「は、まずリグリフ宰相にはヴェネフィク討伐軍の編成に着手して貰います」

「「おお……！」」

リグリフ宰相をはじめ、東部諸侯から声が上がる。

「決して焦《あせ》る必要はありません。ゆるりと、規模を何倍にも見せかけるように工作も交えつつ準備致します」

「ふむ……」

「一方でヴェネフィク側と交渉《こうしょう》の場を設けます。有期の相互不可侵《そうごふかしん》の約定を最低限とし、アルカードと共に進める予定の共同防御《ぼうぎょ》の試みにも参加を促します」

「ヴェネフィク側がそれに乗って来なければ、攻撃も止む無し……か」

「血を流さず、東部の民を安んじる事が出来るならばそれが一番。それが叶《かな》わなくば……リグリフ宰相の申す事も、一理御座いましょう。私はセオドア特使とも緊密《きんみつ》に連携《れんけい》し、ヴェネフィクとの交渉を試みたいと思います。何卒ご許可を頂ければ幸いです」

これは強攻《きょうこう》と和平を両睨みにした折衷案《せっちゅうあん》だと言えるだろう。

リグリフ宰相ら東部の諸侯の意志を考えれば、これが一番丸く収まるのかも知れない。

彼等には準備をさせつつ、それが必要なくなるように、ウェイン王子は全力で動こうとしているのだ。

またある種脅《おど》しにも取れる軍事的な動きが背景にあれば、交渉事も通りやすくなるのは否めない所だろう。

「……なるほどな。では、今日はもう夜も更《ふ》けた。只今《ただいま》のウェインの案を持ち帰り、皆それぞれに一晩考えて来るとしよう。無論他に妙案《みょうあん》があれば、明日聞かせて貰おうぞ」

カーリアス国王が一旦《いったん》休会を宣言し、その日の会議は解散となった。

リーゼロッテ達は、馬車でアールシア家が王都に所有している別邸《べってい》に向かう。

父アールシア公爵が宰相を務めていた時代に、王城に詰《つ》めるための住居にしていた場所だ。

静かな場所を好む父の好みに合わせ、王城からはやや遠いが、周囲に他の家もなく閑静《かんせい》な場所だ。

館《やかた》の手前の、林の中の静かな道を進んでいた時――

馬車の中でリーゼロッテは、父アールシア公爵やライーザを相手に、虹の王会戦《プリズマー》での事や、その前のアルカードでの出来事、騎士アカデミーの友人達についていろいろと話をしていた。

「そうですか……色々とご苦労なさったようですが、良き友人が出来た事は何よりです。一生の友人というものは得難《がた》いものですから」

「はい、騎士アカデミーに入学して良かったですわ！」

にっこりと笑うリーゼロッテに、ライーザも微笑み返す。

しかしアールシア公爵の反応は少々違っていた。

「……確かに腕《うで》を上げ、仲の良い友人も増えたようだが。まだ仮にも騎士アカデミーの学生に、無茶《むちゃ》をさせ過ぎな気がするが。聞いていて、胃が痛くなったぞ……」

と、冷《ひ》や汗《あせ》をかいていた。こう見えて心配性《しんぱいしょう》な父なのである。

「ふふっ……まあ、ちゃんとその都度セオドア特使やウェイン王子や国王陛下のお許しを得た行動ですから、心配いりませんわ」

「やれやれ、陛下達にも困ったものだ……とはいえ今回の虹の王会戦《プリズマー》でお前が勲功《くんこう》を認められた事は誇りに思う、この国のためによく頑張《がんば》ったぞ」

「シアロトの騎士団でも、皆お嬢様のご活躍《かつやく》を聞いて大騒《おおさわ》ぎでした。一番喜んでいたのは私ですけれど。武技をお教えした指南役として、鼻が高いですよ」

アールシア公爵とライーザの二人から肩を叩《たた》かれ、リーゼロッテは嬉しかった。

「ありがとうございます。これからも頑張りますわね」

笑顔を浮かべるリーゼロッテに対し、ライーザが少々心配そうな顔を見せる。

「しかし、今後少々心配なのはヴェネフィクとの情勢がどうなるかですね。もし悪化して戦争になれば、お嬢様までリグリフ宰相の討伐軍に狩《か》り出されてしまうのかと……」

「それは、少し心配ですわね。ですからお父様が熱くなっていらっしゃったリグリフ宰相や、東部の諸侯の皆様《みなさま》をお諫めして下さって、助かりましたわ。ありがとうございます」

「何、お前のためでもあるし、私の意思でもある。お前は気にせず、自らの成長を考えなさい」

「ええ、お父様」

「ですがあのように正面を切って反論をしてしまっては、角が立ちませんか？　リグリフ宰相から逆恨《さかうら》みを買いかねないのは心配です。その役割はビルフォード侯爵にお譲《ゆず》りした方がよろしかったのでは……？」

「何、問題ない。既《すで》に私はリグリフ宰相殿《さいしょうどの》には恨まれているからな、そもそも氷漬けの虹の王《プリズマー》を東部に輸送する決定が為された時の宰相は私だ。止めなかった私を彼は恨んでいるだろう。ビルフォード侯爵は裏表のない人格者ゆえ、そのような政争に巻き込むのは忍《しの》びないというものだ。それに……」

「『それに？』」

「国王陛下もウェイン王子も、こちらからの攻勢《こうせい》には乗り気でないのは二人とも見ていて感じただろう？　だがリグリフ宰相等の口ぶりには無下にはし辛《づら》い。ならばその御意思《ごいし》を通すよう動くのが、王家の遠縁《とおえん》にも当たる公爵家の務めでもある。公爵家は王家の盾《たて》となり影《かげ》となり、王家をお支えせねばならん。よく覚えておくんだ、リーゼロッテ」

「はい。お父様」

「ただ、確かに少々張り切り過ぎたかもしれん。今回の件については国王陛下とウェイン王子の御意見《ごいけん》が一致《いっち》されていたのが喜ばしくて、出過ぎてしまったよ。近頃《ちかごろ》のお二人は天上領《ハイランド》に向き合う方針を巡《めぐ》って、衝突《しょうとつ》される事も多かった。これを機に関係が改善して行くといいが……」

そう言って少し笑《え》みを見せるアールシア公爵だが、反対にライーザは表情を曇《くも》らせてしまう。

「ですが公爵様。お言葉ですが……そこまで尽くして見せても、我がシアロトの民は報《むく》われるのでしょうか？　以前お嬢様が血鉄鎖旅団《けってつさ》より知らされた情報によれば、王家はリップル様に代わる天恵武姫《ハイラル・メナス》との交換《こうかん》に、天上領《ハイランド》へアールメンと我がシアロトを献上《けんじょう》する条件を呑《の》んだと……結果的にはそうならずに済みましたが、私には少々……」

「ライーザ……」

「その情報の出所は、恐《おそ》らくリグリフ宰相の周辺だろうな。彼は確かにそうするつもりだったようだ。先程述べたように私には怨《うら》みがあるし、現在の宰相という地位を再び私に奪《うば》われる事を恐れていた。こちらを潰《つぶ》す好機と捉えていたのだろう。国王陛下はアールメンとノーヴァを割譲《かつじょう》するつもりだったそうだ、それはどちらも王家の直轄地。その方が自然だろう？　直轄地ならばいいと言い切れるものではないが、な。陛下に黙《だま》ってリグリフ宰相が話をすり替《か》えようとしていたのだ」

「なるほど……良く分かりました、出過ぎた事を申し訳ございません」

「でも知れて良かったですわ……！　わたくしもそこは引っかかっておりま――」

「うあああぁぁぁっ!?」

リーゼロッテが言い終わるより早く、外からの声がそれに割《わ》り込んだ。

「何奴《どいつ》ッ!?」

「敵襲《てきしゅう》！　ライーザ団長！　敵襲ですッ！」

　ガキンッ！　ガキイィィンッ！

　外から刃《やいば》を交える音が飛び込んで来る。

「……⁉　待ち伏《ぶ》せですか……！」

　ライーザの表情が一気に厳しくなる。

「宰相を退いてからは、初めてだな……珍《めずら》しい事でもないが、大方耳障《みみざわ》りな意見を述べる私を亡《な》き者にし、ヴェネフィク進軍を押《お》し通そうとする者共の手かな……？」

「お父様。では……！」

「政治というものは、席に座《すわ》れなくなってしまえばそれまでだからな」

「お嬢様！　私が迎撃《げいげき》に出ます！　公爵様のお身を護《まも》って頂いてよろしいですか⁉」

「ええ、承知致しました！」

「では、よろしくお願い致します！」

　リーゼロッテがそう返事をすると、ライーザは自らの魔印武具《アーティファクト》を手に、馬車の扉《とびら》を開け外に飛び出して行く。

上級印を持つ彼女《かのじょ》の携える魔印武具《アーティファクト》も、リーゼロッテと同じ斧槍《ハルバード》である。

奇蹟《ギフト》の種類こそ違《ちが》うが、純粋な武術としては、同じ獲物《えもの》を扱《あつか》う彼女は指南役にうってつけだった。

「お父様、わたくし達は一番安全な場所へ！　お手を！」

「ああ……！」

リーゼロッテは父の手を取り、外に誘いつつ奇蹟《ギフト》を発動する。

純白の翼《つばさ》は勢いよく羽ばたいて、リーゼロッテとアールシア公爵の二人を空へと運ぶ。

こうしてしまえば、直接攻撃する事は不可能。

下から射撃攻撃《しゃげきこうげき》を受けないように注意していれば良い。

馬車の中に留《とど》まるより安全である。

リーゼロッテは眼下の戦いに注意を向ける。

刺客《しかく》は六、七程度だろうか。黒のフード付きマントで統一された格好だ。

馬車の前後に散開し、取り囲むような状態である。

こちらは護衛の騎士一人が負傷し、ライーザを含めて三名。

その程度の差ならば、ライーザに任せておけば何も問題はないはずだ。

「下郎《げろう》め……！　刃を向けて来る以上、容赦はしないッ！」

鋭い技の冴《さ》えで、馬車の前方の敵に飛び込み、突き伏《ふ》せ切り倒《たお》して行く。

それ自体は見事なもので、リーゼロッテの予想通り数の不利を物ともしていない。

だが久しぶりに見るライーザの戦いは、リーゼロッテの記憶《きおく》の中の物とは少々違ってい
た。騎士アカデミーに入学する前は、同じ上級印の斧槍《ハルバード》使いとはいえ、まだまだ師匠には
及《およ》ばないと感じていたし、実際手合わせしてみてもそうだった。

だが今、目の前の戦いを見て本当に素直に一言で表現すれば――

イングリス程《ほど》ではない。それに尽きる。

異常なまでの訓練をにこにこしながら楽しんでいるイングリスや、自分にはそれしかな
いと言わんばかりに張り詰めた様子で訓練するレオーネ程ではないかも知れないが、リー
ゼロッテも自分なりに相当に訓練を積んだ。

今のこの感覚は、その成果なのかも知れない。

「ふふっ……」

思わず何となく、笑みが漏れていた。

「？　どうしたリーゼロッテ？」

「い、いえ……！　何でもありませんわ」

後で空いている時間を見て、ライーザにそれを確かめさせて貰《もら》おう。

と、眼下の戦況《せんきょう》に動きがあった。

ライーザが突っ込んだのとは逆、馬車の後方にいる刺客達《しかくたち》が一斉に空にいるリーゼロッテ達の方を向くのだ。

そして魔印武具《アーティファクト》の類ではなく、小型の弩《クロスボウ》でこちらを狙《ねら》おうという動きを見せる。

魔石獣《ませきじゅう》でなく人間相手であれば、別に魔印武具《アーティファクト》も魔印《ルーン》も必要無いというわけだ。

ライーザと刃を交える前方の刺客達も、使っているのは通常の武器だ。

対魔石獣は全く考慮《こうりょ》していない、対人暗殺のための集団という事だろう。

確かにその方が、物資の面でも人員の面でも編成が容易ではある。

「とはいえ、自分達の身まで安く扱う事はありませんのに……！」

前方はライーザに蹂躙《じゅうりん》されようとしているのだ。

それを無視して、後方の刺客達はこちらを狙って来る。

前方の援護《えんご》に入り、ライーザを取り囲めば止められるかもしれないのに、だ。

助け合って戦いに勝ち、無事に帰るというよりも、標的を斃《たお》すためだけの動き。

自分達の身を安く扱っているようにしか見えない。

「リーゼロッテ、避《よ》けるんだ……！」

滞空《たいくう》して刺客達の様子を見ているリーゼロッテに、アールシア公爵が呼びかける。

リーゼロッテの魔印武具《アーティファクト》の奇蹟《ギフト》は純白の翼による飛行能力である。

飛来する矢は、動いて避ける他は無い。避けねば当たる。

父としては、そう思ったのだろう。確かに少し前までのリーゼロッテならばそうだ。

だが今は違った。

相手が足を止めて撃《う》って来るのならば、それは的が止まっているだけだ。

「いいえ、お父様！　大丈夫です！」

リーゼロッテは竜《りゅう》の咢《あぎと》のような形の斧槍《ハルバード》の先端《せんたん》を、刺客達に向ける。


ブオオオオオォォッ！


冷たく輝《かがや》く猛烈《もうれつ》な吹雪《ふぶき》が、青白く輝く斧槍《ハルバード》の先端から放出される。

その勢いは刺客達が放った矢を叩き落とし、逆に足を止めた彼等に襲い掛かる。

「おお……っ!?」

「ね？　大丈夫ですわ！」

リーゼロッテは斧槍《ハルバード》の先端を左右に動かし、吹雪を撒《ま》き散らす。

それが刺客達を次々に凍《こお》り付かせ、動きを封《ふう》じて行く。

飛来《ふ》する矢を吹き散らす程度、この猛吹雪《もうふぶき》を以てすれば造作もない事だ。

あの強大な神竜の竜の吐息《ドラゴン・ブレス》の力が宿っているのだ。

そして相手が足を止めて撃って来る以上、狙いをつけるのも容易。

どちらかというと、あまり竜の吐息《ドラゴン・ブレス》を浴びせ過ぎて、相手を砕《くだ》きかねない事を気を付ける方が難しい程だ。

命を奪わない程度に留めて、誰《だれ》の差し金かを調べる必要があるだろう。

「お見事です、お嬢様っ！」

前方の斬《き》り合いを制したライーザが、今度は後方に向かって突入《とつにゅう》。

リーゼロッテが浴びせた吹雪で動きを封じられた刺客達を、易々《やすやす》と突き伏せて行く。

これで、大勢は決しただろう。もう降りても大丈夫だ。

「ライーザの言う通りだ。少し見ない間に成長したな、リーゼロッテ」

「わたくしではなく魔印武具《アーティファクト》が、ですけれども。ですがこれはお母様から受け継いだ形見……わたしくと一心同体ですから、わたくしの成長と見做《みな》してもよろしいかも知れませんわ」

リーゼロッテが微笑《ほほえ》んで応じると、父は大きく頷いていた。

「シャルロッテもそれを聞いて喜んでいるはずだ」

それは、幼い頃《ころ》に亡くした母の名前である。

リーゼロッテの斧槍《ハルバード》の魔印武具《アーティファクト》は、騎士だった母親が愛用していたものを受け継いだものだった。

「お嬢様、助太刀《すけだち》をありがとうございます！」

ライーザが側に駆《か》け寄って来る。

「どういたしまして。わたくしが手を出さなくとも、ライーザならば問題なかったでしょうけれど」

「ですがおかげで手早く撃退《げきたい》出来ました。あれが新たに身につけられたお力ですね？　素《す》晴《ば》らしかったですよ」

「ありがとうございます。嬉しいですわ」

リーゼロッテを労《ねぎら》った後、ライーザは表情を厳しくする。

「さあでは……急所は外していますから、生き残りを何名か連れ帰り、誰の差し金かを吐《は》かせましょう」

「え、ええ……やはりそうなりますわよね」

苛烈《かれつ》な取り調べや、拷問《ごうもん》の類のような事は、気が進まないのだが。

「ご理解を、お嬢様。こちらも命がかかっておりますので」

「そうですわね。わたくしは魔石獣相手の方が性に合っていますわ」

「ええ、それでよろしいかと。魔印武具《アーティファクト》と魔印《ルーン》はそのためにあるものですから」

「……あまりやり過ぎるなよ、ライーザ。質の良い暗殺者というものは、出所など漏らさん。そして出所が予想通りなら、金を惜《お》しんで粗末な暗殺者など使わんはずだ。見込《みこ》みがないと感じたら、早々に介錯《かいしゃく》してやれ」

「承知致しました」

ライーザは頷いてから、馬車前方に倒れる刺客に近寄って行く。

──その時、リーゼロッテが握《にぎ》る斧槍《ハルバード》がカタカタと震《ふる》え始めた。

「え……？」

そして竜の咢を模した先端を、ライーザの方に向けるのだ。

無論リーゼロッテの意思ではなく、勝手にそう動いた。

「どうしましたの……⁉」

いやそれよりも、これでは勝手に吹雪を放ちかねない、と感じた。

だから、先端が向くライーザに警告を発した。

「ライーザ！　危ないですわ！　下がってください！」

「……！」

ライーザがリーゼロッテの警告に反応した瞬間《しゅんかん》――

「ガアアアァァッ！」

倒れていた刺客が跳《は》ね起きて、刃を構えライーザに向けて突進《とっしん》を始めたのだ。

その速度はかなりのもので、最初にライーザと刃を交えていた時よりも数段速い。

かなりの手傷を負っていたはずだが、血を流しながらも全くその影響《えいきょう》を感じさせない。

そして顔つきも、人のそれとは思えないような形相だ。

異様に目を剥《む》き、歯が刃のように伸《の》び、獣のようだった。

「何っ……!?」

「な、何ですの……!?」

ライーザとリーゼロッテは確実に虚《きょ》を突かれていた。

が、都合よくライーザは警告に反応して身をかわしていたし、リーゼロッテの斧槍《ハルバード》は、起き上がった刺客を完全に射線に捉えていた。

ブオオオオオオォォッ！

噴《ふ》き出した吹雪は、出合《であ》い頭《がしら》に変貌《へんぼう》した刺客を捉えた。

あれは普通《ふつう》ではない、もはや人間のようにも思えない。

魔石獣とは違うが、それに近い何かかも知れない。

今度は完全に動きを止め凍り付かせるまで、念入りに吹雪を浴びせかけた。

「ありがとうございます、正直言ってお嬢様が制止して下さらなければ、今のは危険でした……！　面目《めんぼく》ありません……！」

ライーザは悔《くや》しそうに歯噛みしている。

「い、いえ……！　今のは偶然《ぐうぜん》ですが、ライーザが無事で良かったですわ！」

リーゼロッテも、刺客が跳《と》び起きる事が分かっていて呼びかけたのではない。

斧槍《ハルバード》が急に動いて、ライーザの方を向いたからだ。

恐らく竜理力《ドラゴン・ロア》の力が、倒れている刺客の異様な気配を感じ取って反応してくれたのだろう。

意味が理解できずに戸惑《とまど》ったが、結果的にライーザを助けられて良かった。

「ガ……！　ガアアアァ……ッ！」

「……！　まだ動きますの⁉」

体を凍り付かせた先程《さきほど》の刺客は、凍った体にも拘《かかわ》らず、まだ唸《うな》りを上げている。

そして無理に体を動かしたせいで、体がひび割れ自壊《じかい》し、バラバラに崩《くず》れて行った。

「な……!? 何ですの、へ、変ですわ……！　こんな事……！」

「痛みも恐怖《きょうふ》も感じていないようです！　まるで人間のようには見えません！」

「異様だな」

「お気を付け下さい、他の者も同じかも知れません！」

ライーザが警告を発すると同時、一度倒れていた刺客達が次々と跳ね起きた。

「「ガアアアァァッ！」」

やはりライーザが注意してくれた通りだった。

皆《みな》先程の刺客と同じような、異様な雰囲気である。

「ですが、不意さえ打たれなければ……！」

「ええ、やりましょう！　わたくしが先手を取ります！」

リーゼロッテは起き上がった刺客達に吹雪を浴びせ掛ける。

それは敵のうちの一体を捉えるが、残った二体は散開して回避《かいひ》をした。

「……早いですわね！」

やはり動きが鋭くなっている。

リーゼロッテはそれを追跡《ついせき》しようと斧槍《ハルバード》の先端を動かそうとする。

「いえ、お嬢様！　そのままで！」

ライーザがリーゼロッテに呼びかける。

彼女は既に前に突進をし、残り二体のうちの一体の動きに先回りしていた。

側面から斧槍《ハルバード》の穂先《ほさき》を刺客の脇腹《わきばら》から突き刺《さ》し、そのままリーゼロッテの吹雪の中に押し込んでしまう。無理やり吹雪を当てさせたのだ。

「あと一体ですわ！」

「お任せを！」

ライーザの凄《すご》い所はそれをしつつ刺客の体を盾にするように自分の身を隠《かく》し、吹雪を通り抜《ぬ》けた所だ。

そして逆側にいるもう一体へと肉薄《にくはく》して行く。

当然、盾にした死角は吹雪の中に置き去りにしていた。

吹雪に隠れて良くは見えなかったが、恐ろしく高度な体と斧槍《ハルバード》の捌《さば》きである。

先程感じた師匠のライーザに少し追いつけたかもしれないという感覚は、実は気のせいかもしれない。

と、考えているうちにもう一体もライーザの手によって吹雪の中に叩き込まれていた。

そして凍り付いた刺客達は無理に体を動かそうとし、自壊して行く所も同じだった。

これで前方の起き上がった刺客達は全《すべ》て片付いた。

後方の刺客達は先程リーゼロッテが吹雪を浴びせていたため、動けないのかまだ加勢はして来ていない。

一斉に襲《おそ》い掛かられていたら、もっと状況《じょうきょう》は悪かったはずだ。運が良かった。

「お嬢様！　では後方も！」

「ええ、分かりましたわ！」

リーゼロッテとライーザは頷き合って、後方の掃討《そうとう》へと向かった。

◆◇◆

「結局無事に撃退は出来たのですけれども、あの様子ですから倒す他はありませんでした……ですが、レオーネを襲ったという不死者の特徴《とくちょう》に似ている気がしますわ」

リーゼロッテの言葉に、イングリスは頷いて肯定《こうてい》する。

「可能性は高そうだね」

「私のほかにアールシア公爵《こうしゃく》も狙われていたなんて……」

「不死者って珍しいはずなのよね？　なんでそんなに……ひょこひょこ現れるのよ」

「いや、アールシア公爵を狙ったかどうかは分からないよ？　リーゼロッテの方を狙ったのかも知れない」

「……！　わたくしをですか……!?」

「うん。レオーネとリーゼロッテなら、理由は分からないけど標的ははっきりするから。共通点があるから」

「「共通点？」」

「そう、この間の虹の王《プリズマー》との戦いで功績を残して、名前と顔が大きく知られた……ってところがね？　わたしは、レオーネはレオンさんやオルファー家の事で狙われたんじゃないと思うんだ。今更《いまさら》そうなるなら、これまでにもうなってると思うから。リーゼロッテの方にも不死者が出たなら、そういう事だと思うんだ。逆にリーゼロッテの方も、レオーネの方に不死者が出ているんだから、狙いはアールシア公爵じゃなくてリーゼロッテの方かなって」

「……その方が頷けますわね」

「狙いは不明だけど、虹の王《プリズマー》との戦いで功績を残した私達が狙われている……という事ね」

「ねえクリス。じゃあ、あたし達は……？」

「もしかしたら、わたし達の所にも刺客が来てたかも知れないね。それか、お見合いで味方にしようとしてたとか」

ユミルに帰郷中、特に怪《あや》しい気配は感じなかったので、恐らくは後者だろうが。

「もし来ててもジルさんとあんな戦いしてるのを見たら吃驚《びっくり》して逃《に》げ出すわよね……」

もしくは、イングリスもラフィニアも小さくなっていて分からなかったという事もあり得るだろうか。

「わたしは混ざってくれても良かったけどね？」

「いや無理でしょ……刺客が可哀《かわい》そうよ、あんなのに巻き込まれたら」

「とにかく、またわたし達の所に不死者が出るかも知れないから、十分注意しようね？」

イングリスの言葉に、三人とも真面目《まじめ》な表情で頷く。

と、そこで輪の外から声がかかる。

「あ、あの……！　ちょっと待って下さい！　皆《みな》さんすいません、今聞こえてしまったんですが、不死者って……！　不死者を見たんですか⁉」

真剣《しんけん》な顔で問いかけて来るのは、アルルだった。

食事を終えた通りがかりに耳に入ったのだろう。

「アルル先生……はい、休暇《きゅうか》の間に、レオーネとリーゼロッテが不死者に襲われたんです……！」

ラフィニアがアルルの問いに応じる。

「ど、どこですか……!?」

「私は、アールメンの実家に戻《もど》っている時にです……！」

「わたくしは王都でですわ……！」

「アルル先生、不死者を操《あやつ》る人間に心当たりが？」

イングリスがアルルに問いかける。

「え、ええ……！　ロス……！」

とアルルは脇《わき》にいるロシュフォールを振り向く。

「ああ、奴《やつ》かもしれんなァ」

ロシュフォールも厳しい表情をしている。

「奴……？」

「ああ、マクウェルという私の同格でねェ。ヴェネフィクの者は虹の王《プリズマー》の侵攻《しんこう》に紛《まぎ》れてカーラリアに突入したが……それは我々の部隊だけではないのだよ」

「おぉ……！　では不死者を生む魔印武具《アーティファクト》を操るヴェネフィクの将軍がいらっしゃると……!?　是非、お会いしたいです！」

「こらクリス！　喜ばない！　大変でしょ！」

「あ、あははは……」

「本当、見た目しか変わっていませんわねえ……」

「こ、こんな人見た事がありませんね……」

レオーネもリーゼロッテもアルルも苦笑《くしょう》していた。

「我等が破れ虹の王《プリズマー》も撃破《げきは》されたため、ヴェネフィクに引き上げたと思っていたんだがなァ、まだカーラリアの中に潜伏《せんぷく》しているようだ……私達《たち》と共にカーラリアに降った、元部下の行方《ゆくえ》が何人も知れん」

ロシュフォールの目がすっと鋭《するど》くなる。

「彼等《かれ》はカーラリアでは暮らせぬと逃亡《とうぼう》したのかと思ったが……奴の手で不死者にされたのやも知れんなァ……」

「そ、それがアールメンで私を襲ってきた不死者達……!?」

「……可能性の話だがなァ。だが諸君が気に病《や》む事はないよ。降りかかる火の粉を払うのは当然の事。責められるとすれば、マクウェルと不死者にされた彼等を守れなかった私の無能だろうなァ」

口調こそ落ち着いているが、静かな殺気が身を覆《おお》っている。

相当、怒《おこ》っていそうな様子だ。

「ロス……」

「ロシュフォール先生、念のためにマクウェル将軍の人相を教えておいて頂けますか?」

「ロシュフォール先生……」

「ああ、そうだなァ……」

と、食堂中に大きく太い声が響《ひび》き渡《わた》る。

「諸君! そろそろ全校集会の時間だぞ! 急いで講堂に集合! ウェイン王子やセオドア特使殿《どの》が始業の訓示を行って下さるそうだ……!」

そう呼びかけているのは、マーグース教官だった。

「ウェイン王子とセオドア特使が……? そんな事言ってたっけ?」

「いいえ、聞いていませんわね……」

「それだけ重要な話だって事だよ」

「話は後だなァ。アカデミーの教師と生徒である以上、始業時間には逆らえん」

意外と勤務態度は真面目のようである。

第5章 16歳のイングリス 新学期と新生活 その2

そしてイングリスの予想通り、ウェイン王子の話はとても重要なものだった。

手短に挨拶《あいさつ》を済ませた後、切り出されたのは新騎士団《きしだん》についてだった。

「諸君の中には既に噂《うわさ》を耳にしているものもいようが、この度《たびわ》我がカーラリアには聖騎士団と近衛騎士団に次ぐ新たな騎士団を創設する事となった……名を封魔騎士団《ふうまきしだん》とする」

「「封魔騎士団……？」」

「封魔騎士団の任務は、魔石獣を討《う》ち、その脅威《きょうい》に晒《さら》される人々を守る事、それのみとする」

「つまり、魔石獣との戦いを専門にする騎士団という事かしら」

レオーネがウェイン王子の言葉に感想を述べる。

「人間同士の戦争はしないって事よね？　クリス？」

「うん、そうだねラニ」

「ですが、対魔石獣ならば聖騎士団が既にその役割を担《にな》っているはずでは……？　聖騎士団との棲《す》み分けはどうなさるのでしょう……？」

リーゼロッテの疑問も、続くウェイン王子の言葉で氷解する。

「ただし、その活動の範囲《はんい》は我《わ》がカーラリアに限定しない……！」

「「「えぇえっ……!?」」」

ラフィニア達が声を上げると同様に、他の生徒達からも騒めきが大きくなる。

「封魔騎士団は国や国境の関《かか》わりなく、魔石獣の脅威から全ての人々を守る事を目指す……！　救いを求める声があれば世界のどこへでも赴《おもむ》く！　我が国《くに》のためだけでなく、地上の全ての国と人々のための騎士団だ！」

「「地上の全ての……!?」」

「「カーラリアのためだけでなく、世界のために……!?」」

騒めきは更《さら》に大きく、熱気を帯びて行くように見える。

成程《なるほど》確かに、それであれば聖騎士団との役割は全く異なるだろう。

聖騎士団はあくまでカーラリアの国を守るための存在だ。

封魔騎士団が活動域を国内に限定しないというならば、主な活動範囲はむしろ国外になるはずだ。国内にはラファエル達聖騎士団がいるのだから。

「地上に生きる人々が、めいめいに我が身《み》を守らざるを得ない時代は既に過ぎた。昨今の天上領《ハイランド》からもたらされた技術により、一つの大きな力を必要な時必要な場所に素早《すばや》く運ぶ事が可能となっているからだ……！　何もそれを一国のためだけに使う道理はない。封魔騎士団は助けを求める者全てに手を差し伸べに行く……！　これまで満足に魔印武具《アーティファクト》を得られず、虹の雨《プリズムフロウ》に怯《おび》えるしかなかった人々にも……！」

ウェイン王子の言葉を聞きつつ、ラフィニアが興奮気味に話しかけて来る。

「つまり、アルカードに虹の雨《プリズムフロウ》が降って強い魔石獣が出たら、あたし達が守りに行っていいって事よね……!?　クリス!?」

「ふふっ……そうだね。そういう事だと思うよ」

ラフィニアはもう封魔騎士団の一員になり切っているつもりの様子である。

それが、イングリスとしては可愛《かわい》らしく微笑ましい。

ウェイン王子の話は、如何《いか》にもラフィニアの正義感を刺激《しげき》しそうな話である。

「いい……！　凄くいいと思う！　またラティ達が困ってたら助けてあげられるし！　他にも困ってる人がいたら、どこにも行けるんだもん！　ね、レオーネ……!?」

「ええ……！　確かに、機甲鳥《フライギア》も機甲親鳥《フライギアポート》も飛空戦艦《せんかん》もあるんだから、出来る事はやってしまえばいいんだわ……！」

「そうする事によって、アルカード側はもうカーラリアに攻《せ》め入るなど考える必要がなくなるわけですわね。何かあれば封魔騎士団を頼《たよ》ればいいのですわ」

元々はイーベル達による偽装《ぎそう》だったわけだが、アルカードはリックレアの街が虹の王《プリズマー》に滅《ほろ》ぼされたという事態を受けて、魔印武具《アーティファクト》の増強、願わくば天恵武姫《ハイラル・メナス》の入手という方針を採った。

だがそれに見合う満足な物資を献上する事が出来ず、代わりにヴェネフィクと挟撃《きょうげき》する形でカーラリアに攻め入る事を了承《りょうしょう》して動いた。

そこでもし封魔騎士団の存在があれば、封魔騎士団に助けを求めれば良いわけだ。

ただし、封魔騎士団を国に入れても大丈夫《だいじょうぶ》だという信頼《しんらい》が前提にはなるが。

魔石獣を討つ名目で乗り込《こ》んで領土を奪うなどという懸念《けねん》があっては、頼るものも頼れないだろう。

「封魔騎士団は国や国境の関わりなく、志を同じくするあらゆる人々が所属出来るようにする。そしていずれは、カーラリアの国からも独立した存在に育って貰う事を願う。全ての国が力を合わせ、それを全ての国を守る盾と為《な》す……虹の王《プリズマー》を見張るという役目を終えたアールメンの街は、今封魔騎士団の活動拠点《きょてん》として生まれ変わろうとしている。すぐにとは行かんが、来季からは騎士アカデミーもアールメンに移転し、各国からの人材受け入れを大幅《おおはば》に増やし、封魔騎士団の中核《ちゅうかく》を担える騎士を育成して行くつもりだ」

「なるほど……」

つまり、どの国からも独立した、国を横断して魔石獣から人々を守るという目的を持つ騎士団だと言うわけだ。

カーラリアの第三の騎士団というよりも、全く別の集団だ。

全ての国が力を合わせ得る器を作り、その器たる封魔騎士団により一国のみに囚《とら》われない範囲を魔石獣から守るという広域防衛構想である。

その立ち上げを、カーラリアが主導して行うという事だ。

これはむしろ、アルカードのような国内の対魔石獣の戦力が不足気味の国にこそ利点の大きい話だろう。

自分が大した力を持たずとも、封魔騎士団に守って貰えるのだから。

地上全体の事を見れば、魔印武具《アーティファクト》やそれを扱う騎士達《きしたち》を一点集中して機動的に運用する事により、各々《おのおの》の地域に留まって防衛を行うよりも、総合的には人も武器も効率的に使う事が出来るわけだ。

何も起こらない時に何もせず待機しているという時間が減るのだから。

「つまり、結果としては地上側はより少ない魔印武具《アーティファクト》や機甲鳥《フライギア》で効率的に身を守ろうとする動きだね。天上領《ハイランド》側もそれを容認《ようにん》するっていう事なんだよ」

「それっていい事よね、クリス？　ね、ね？」

「そうだね。つまり世界中のどこに虹の王《プリズマー》が現れても戦わせて貰えるって事でもあるからね？　ふふふ……やったね？」

カーリアス国王は国内のどこに虹の王《プリズマー》が出現してもイングリスを差し向けてくれるだろうが、それを国を飛び越《こ》えて世界規模の広範囲《こうはんい》にしてくれると考えれば、非常に素晴らしい構想である。

「うーん……そういう意味じゃないけど、クリスにとってはそうよね。聞いたあたしが悪かったわ……」

にっこり笑うイングリスに、呆《あき》れ声で応じるラフィニア。

「幸い北の隣国《りんごく》アルカードは封魔騎士団による広域防衛構想に理解を示し、その活動を受け入れて下さるという事だ。ゆえに善は急げ、封魔騎士団は早速《さっそく》、旗艦《きかん》にてアルカードへの警邏《けいら》航行へと向かい、まずは活動の実績を作りたい。そして封魔騎士団の志を、各国の人々に理解してもらいたいと願う」

アルカードとしては、カーラリアに対して挟撃を行おうとした経緯《けいい》から負い目がある。封魔騎士団の活動は受け入れざるを得ない、という事情もあるだろう。

封魔騎士団構想のような国を跨《また》ぐような行動は、信頼と実績が大切になる。

前例がないだけに、どの国も話を聞いてはいそうですかと受け入れる事は難しい。

実際にそれが自分達にとって有益であることが判断できる実例がなければ広まらない。

アルカードはその実例作りのために協力してくれるというわけだ。

いきなり持ち掛《か》けようとしても中々受け入れられる事は難しく、今回のような事情が無ければ話が進まなかっただろう。

元々ウェイン王子やセオドア特使にはこの構想があったが、それを実行に移す機会を窺《うかが》っていたのだろうか。

立ち上げにはまたとない好機ではある。

「とはいえ聖騎士団や近衛騎士団の人員を大幅に割《さ》くわけには行かぬ。国の守りを疎《おろ》かにしては、国の人々の理解が得られぬ。そこで諸君らに封魔騎士団の看板を預けたい。封魔騎士団は、やがて世界中から人々が集い大きく育っていくだろうが、その礎《いしずえ》を君達に作って頂きたい。特に諸君らの中には、既《すで》に王都での事件や、アールメンでの虹の王《プリズマー》との戦いでも功績を残した精鋭《せいえい》もいる。その面々が封魔騎士団の中核だ、是非《ぜひ》ともこの構想を理解し、協力をして頂きたい……！　どうかよろしく頼《たの》む……！」

壇上《だんじょう》のウェイン王子が深々と生徒達に向けて頭を下げる。

パチパチパチパチパチパチッ！

その姿に、自然と拍手《はくしゅ》が湧き起こる。

「ウェイン王子も、セオドア特使も凄いなぁ……！　本当に沢山《たくさん》の人達のためになる事が何かって、真剣に考えて考え抜いた結果よね、これ！」

ラフィニアは壇上のウェイン王子と、その傍《かたわ》らのセオドア特使を交互《こうご》に見つつ、強く拍手をしていた。

「ええ……私達が力になれるなら、ぜひ協力させて貰いたいわ！」

「世界中の人々を守る……！　理想を理想で終わらせない試みですわね……！」

レオーネとリーゼロッテも目を輝かせている。

ウェイン王子達と同じく壇上にいたミリエラ校長が、生徒達の前に進み出た。

「つまり簡単に言うと、これまでの特別課外学習を封魔騎士団の活動っていう名前に衣替《ころもが》えして、騎士アカデミーと二《に》足《そく》の草鞋《わらじ》で世界を守っちゃおうって事ですね～！　みなさん頑張《がんば》りましょうね！　お～！」

「「「お～！」」」

生徒達もラフィニア達も、笑顔《えがお》と大きな声で盛り上がる。

勿論《もちろん》イングリスもその中に混ざって、笑顔で拳《こぶし》を振《ふ》り上げていた。

「ふふふふ……楽しみだね。ふふふ……」

虹の王《プリズマー》との戦闘《せんとう》機会を世界規模にして貰えるのは有り難《がた》い。

そして更に、別の可能性も見え隠れしている。

「クリスだけ楽しみの意味が違《ちが》うけどね！」

「ま、まあいいんじゃないかしら。結局虹の王《プリズマー》も現れたら倒《たお》さないといけないのは間違《まち》いないし……」

「え、ええ……イングリスさんとアルル先生の力は不可欠でしょうし、やる気があるのは結構な事ですわ」

エリスやリップルは聖騎士団の所属ゆえに封魔騎士団の活動に常時帯同する事は出来ないだろうが、騎士アカデミーの教官であるアルルはそれが可能だ。

むしろそれを見越《みこ》してアルルをロシュフォールと共に騎士アカデミーの教官に採用していたのかも知れない。

イングリスへのご褒美《ほうび》というだけでは無かったのだ。

ロシュフォールとアルルをそのまま聖騎士団や近衛騎士団に採用するのはヴェネフィクと戦う事にもなり得るため本人達もやり辛《づら》いだろうし、ヴェネフィク側を更に刺激してしまう危険性もある。

その点騎士アカデミーから封魔騎士団の活動ならば、戦うのは魔石獣《ませきじゅう》のみに限定され、なおかつカーラリアだけでなく全ての国の人々のためを掲《かか》げる以上、それはヴェネフィクのためでもあり得る、と見做す事が出来る。

更に封魔騎士団の、志を同じくするあらゆる人々が所属出来るようにするという理念を証明する事にもなる。

戦力的にもイングリスは虹の王《プリズマー》を撃破したが、それは独力ではなく天恵武姫《ハイラル・メナス》の力を借りての事だ。

対虹の王《プリズマー》を想定するならば、現時点でアルルの存在は必要不可欠だと言える。

総合して戦力としても、封魔騎士団のあり方を示す象徴《しょうちょう》としても、これ以上の人事は無いだろう。

それ自体は、なるほどと唸るべきものではある。

「リーゼロッテが話してくれた感じだと、国王陛下もウェイン王子もヴェネフィクに自分から攻撃《こうげき》するのは望んでいないみたいだから……封魔騎士団を梃子《てこ》に、魔石獣への対処を協力出来るようにしたり、お互《たが》いの不可侵《ふかしん》を約束したりしたいんだよ。そもそもヴェネフィクがカーラリアに侵入《しんにゅう》するのって、国土が痩《や》せていて十分な魔印武具《アーティファクト》を得るのに苦労するっていう面があるからだろうし。こっちを攻撃しなくても大丈夫だよ、っていうのを言葉じゃなく行動で見せたいんだろうね」

「ヴェネフィクとの和平との鍵《かぎ》もまた、わたくし達が握る事になるというわけですわね」

「そうだね。使えるものを使って、早く動くしかないんだよ。早くしないとリグリフ宰《さい》相《しょう》や東部諸《しょ》侯《こう》の遠征軍《えんせいぐん》の準備が終わって、国内の方をいつまでも抑《おさ》えておけなくなるから……」

「なるほど、確かにイングリスさんの言う通りですわね」

「それに、もし交渉《こうしょう》が失敗してヴェネフィクとの戦争になった場合に、騎士アカデミーのみんなを守るためでもあるかも知れないね？　封魔騎士団の活動がありますって言えば、アルカードとか他の国に退避《たいひ》させて不参加にする事も出来るし」

「そこまで考えて下さって、ありがたいわ。地上の人同士の戦争で、自分から攻撃する方に参加するのはやっぱり抵抗《ていこう》があるから……」

レオーネがそう言って、頷《うなず》いている。

「その代わり、あたし達が頑張ってヴェネフィクと戦争しなくていいようにするのよ！」

「ええ……そうね、ラフィニア！」

「わたくし達の力を合わせて、必ずやり遂《と》げましょう！」

強く頷き合うラフィニア達に、ミリエラ校長から声がかかる。

「それでは全校集会終わりま～す。あ、イングリスさんラフィニアさんレオーネさんリーゼロッテさんの四人はこの後校長室に集合して下さいねえ」

四人は何か別に呼び出しらしい。

「あたし達だけ……？　きっと封魔騎士団の事でよね、よーし頑張るぞ～～！」

ラフィニアはやる気満々に、何度も伸びをしながら講堂を出て行こうとする。

レオーネとリーゼロッテも頷き合いながら、その後に続く。

イングリスはその三人の背中を微笑ましく、だが少々苦笑いも交えて見つめていた。

これが上手《うま》く行けば本当に平和になるのか？

封魔騎士団の活動がカーラリアの周囲の国々に受け入れられた時、何が起こるか？

それを考えると、こういう顔になりもする。

イングリスとしては、望む所ではあるが。

「やあ、まあそういうワケだ。虹の王《プリズマー》が出たら君が頼りだ、アルルをよろしくなァ」

ラフィニア達から遅《おく》れたイングリスに声をかけてくるのは、ロシュフォールだ。

「がんばりましょう、イングリスさん！」

アルルは笑顔で、イングリスに握手《あくしゅ》を求めて来る。

もちろんそれには、イングリスも快く笑顔で応じる。

「ロシュフォール先生。アルル先生。それはわたしも望む所ですが……いつの時代も大人は狡《ずる》いですね？　ふふふ……」

「ほう……？　どういう事かねェ？　先生として生徒の悩《なや》みには耳を傾《かたむ》けてみようかと思うよ？」

「皆さん、いい事しか言いませんから。ラニ達の正義感や優《やさ》しさが傷ついてしまわないかは、少々心配ですね」

「イングリスさん……ど、どういう事ですか？」

アルルは不安そうな顔をして、イングリスに問いかける。

天恵武姫《ハイラル・メナス》の年齢《ねんれい》は見た目から判断が出来ないが、アルルはエリスやリップルに比べると経験が浅いのは確かだ。

比較的《ひかくてき》内面も見た目通りに近いのかも知れない。

「わたしやラニ達や皆さんの頑張りで、封魔騎士団の活動が大きく広がり、周囲の国々やヴェネフィクもそれに協力するようになれば、どうなります？」

「皆さんで手を取り合えるようになって……今まで魔石獣《ませきじゅう》から身を守る事の出来なかった人々にも封魔騎士団の盾《たて》が及《およ》ぶようになり、より平和になるのでは……？」

アルルはラフィニア達と同じ理解と解釈《かいしゃく》を述べる。

やはり少々、若いと言うか純粋《じゅんすい》だ。

エリスやリップルならば、イングリスと同じ事を考えただろう。

「地上の人々と魔石獣の関係で言えば、それはそうでしょう。ですがこれはセオドア特使の、つまり天上領《ハイランド》の三大公派に後押《あとお》しされた動きです。ヴェネフィクに封魔騎士団の活動を認めさせ、協力をしてもらうというのはつまり、教主連合からヴェネフィクを引き剥《は》がす動きに他《ほか》なりません。他の教主連合に近い国に対してもそうですね。つまり封魔騎士団構想とは、地上の国々の間では平和的で理想的な取り組みに見えますが、天上領《ハイランド》の視点で見れば、三大公派が教主連合の支配地域を根こそぎ奪《うば》いに行くような、途轍《とてつ》もなく攻撃的《こうげきてき》で危険な試みです。封魔騎士団構想が上手く行けば行くほど、教主連合を刺激し、やがて待つのは決定的な激突《げきとつ》でしょう。そして本気の制裁に出た教主連合に真っ先に狙《ねら》われるのは、封魔騎士団になるでしょうね」

「……！　つまり、封魔騎士団がどれだけ頑張っても、平和になんてならないと……!?」

「いえ、そうは言いませんよ。魔石獣の脅威は減るでしょう。それを平和に向けて進んでいるとは言えます。その分他の脅威が増すわけですが、誰《だれ》もそれに触《ふ》れていないのを狡いなと言いました。わたしとしては教主連合との直接対決も吝《やぶさ》かではありませんので、別に構いませんが。ふふふ……」

三大公派と教主連合の対立が深まっているのは、武公ジルドグリーヴァも言っていた通りだ。いずれは対決が避《さ》けられないのかも知れないが、これはそのいずれを早める行為《こうい》となる。

それは間違いない。頑張れば頑張るほどそれが早くなる。

ならば頑張らせて頂こうではないか、と思う。

「い、イングリスさん……」

破滅的《はめつてき》な未来予測を不敵な笑《え》みで歓迎《かんげい》するイングリスに、アルルは少々怯えている様子でもある。

「ただ、先程も言いましたがラニ達の気持ちが傷つかないようにはして頂きたいですが。みんなまだまだ純粋な少女ですので」

「え、ええ……そうですね。本当にそうです……」

それを見て、聞いていたロシュフォールがため息を吐《つ》く。

「やれやれ、アルルも天恵武姫《ハイラル・メナス》というだけでこうなっているが、彼女《かのじょ》らとそう大差はないのだよ？　あまり怖《こわ》がらせないで頂きたいものだなァ。全くよく頭の回る生徒だよ、君は。その落ち着きぶりとその思考は、異様ですらある」

言いながら、アルルを慰《なぐさ》めるように彼女の頭をくしゃくしゃと撫《な》でている。

「済みません、ロシュフォール先生」

　イングリスはぺこりと頭を下げる。

「ま、個人的にはその通りとも思うが、それは我々地べたに這《は》いずり回る立場では、気にしても仕方のない所じゃないのかねェ？　特使殿がよろしく政治力を発揮して下さるのを期待しつつ、決定的な破綻《はたん》が起きた時に備えていればいいのだよ。その時こそ、我々が命を張る時だろうなァ」

「……では、いざという時に備えて、放課後訓練を二倍に増やさないといけませんね？」

「おっとヤブヘビだったなァ。先程の発言はなかった事にして頂きたいのだが？」

「いいえ、やりましょう！　ロス！　やらなければいけません、私達が先生なんですから……！」

「いや、もう十分過ぎるほど、彼女の訓練という名の教官イジメには付き合っていると思うんだがなァ……？」

「ダメです！　やるんです！　やってやれない事はありません！」

「ふふふっ。ありがとうございます、アルル先生、ロシュフォール先生」

「クリスー！　何で付いてこないのよ、気づかなかったじゃない！　ほら、校長室行くわよ！」

　イングリスがいない事に気づいたラフィニアが引き返して来て、ひょいと抱《だ》き上げた。

「よーし、行くわよ校長室！　で、封魔騎士団でアルカード行き！　久しぶりにラティとプラムの顔も見られるかも知れないしね！」

「うん。そうだね、ラニ」

「「じゃあ失礼しまーす」」

アルルとロシュフォールに笑顔を残して、イングリスとラフィニアは校長室へ向かう。

そして――

「えぇぇぇぇぇっ⁉　あたし達封魔騎士団《たちふうまきしだん》に入れないんですか⁉」

校長室にラフィニアのがっかりした声が響く。

「校長先生！　わ、私達に何か問題が……⁉」

「考え直して下さいませ！　わたくし達も是非とも参加させて頂きたく思います！」

勢《いきお》い込むラフィニア達に、ミリエラ校長はぱたぱたと手を振って答える。

「あ、いえ違うんですよお。皆さんには是非とも封魔騎士団にも参加して頂きたいんですけれど、今回は封魔騎士団のアルカード行きよりも優先してほしい事があるんです。そうですよね？　セオドアさん？」

校長室にはセオドア特使も来ており、ミリエラ校長に名を呼ばれると大きく頷く。

「ええ、是非とも……きっと皆さんにもよい経験になる事でしょう」

「？　あたし達が何をするんですか？」

「エリス殿の件です。天上領《ハイランド》で彼女を診《み》てもらう手筈《てはず》が整いましたので、数日中には出発されます。皆さんには彼女の護衛役としてそれに同行して頂きたいと思っています」

「……！　エリスさんと一緒《いっしょ》に天上領《ハイランド》に行けるのですか……⁉」

それはなかなか興味深い。

天上領《ハイランド》の兵器や技術をこの目で見る事が出来るし、あわ良くばそれらと手合わせする事も期待出来る。最近凝《こ》っている魔印武具《アーティファクト》の改造に役立つ技術もあるかも知れない。

武公ジルドグリーヴァに匹敵《ひってき》するような強大な兵器があるといいが。

例えばイーベルが神竜《しんりゅう》フフェイルベインを変貌《へんぼう》させた機神竜のように。

「あたし達が天上領《ハイランド》に入れるんですか……⁉　すごい！」

ラフィニアの目も好奇心《こうきしん》に輝《かがや》いている。

「そうね……！　それは凄《すご》く貴重な体験だわ」

「望んでもなかなか得られる機会ではありませんわね」

レオーネとリーゼロッテも大きく頷いている。

「私も昔ウェイン王子の留学のお付きで行きましたけど、良くも悪くも見分は広がると思いますから、行っておいて損は無いかと。せっかくの機会ですからねぇ」

「護衛と言っても危険はありませんから、安心して向かって下さい。短期の留学のようなものと思って頂いて結構ですから」

「わたしとしては危険がある方が有難《ありがた》いのですが！　エリスさんを診て貰《もら》うのは三大公のうちの技公様の本拠地《ほんきよち》ですよね⁉　であれば、ジル様に匹敵するような超兵器《ちようへいき》の戦闘性能実験などに、わたしを使って頂けると嬉《うれ》しいです！　是非！」

「ははは……そ、そうですね」

「こらクリス、あんまりはしゃがないの！　セオドア特使を困らせたらダメでしょ」

ラフィニアにめっ！　と窘《たしな》められた。

「うーん、イングリスさんの言動はいつも通りなんですが、いつもより小さくて可愛らしい分余計に異様さが際立《きわだ》つといいますか……」

ミリエラ校長が苦笑いしている。

「まさか武公殿が直接地上に降りて、イングリスさんに手合わせを挑《いど》むとは驚《おどろ》きました。あの方らしいと言えばあの方らしい行動ですが……ですがあの方の口添《くちぞ》えのおかげで、皆さんが天上領《ハイランド》に滞在《たいざい》する許可を得る事も出来ました」

「ありがたいお話ですね」

「……って言うかジルさんがエリスさんの剣《けん》を壊《こわ》したんだし、ね」

「あれはわたしの戦い方も悪かったから……せめてエリスさんに付いて行って、元に戻して貰うまで付き添《そ》わないとね？」

「うん。エリスさんだって一人で天上領《ハイランド》に送られたら心細いだろうし」

「それともう一つお願いがあります」

セオドア特使が、真剣な面持《おもも》ちでそう切り出す。

「もう一つ？」

「何ですか？　あたし達に出来る事ですか？」

「ええ、あなた達と一緒にいるリンちゃん……セイリーンの事です」

リンちゃんは今、レオーネの胸の間から顔を覗《のぞ》かせていた。

イングリスは小さくなって胸には入れられないので、レオーネがその役割を一手に引き受けてくれている。

そんな様子なので、リンちゃんを直視する事は出来ず、微妙《びみよう》に見ないようにしつつセオドア特使は続ける。

「この子を、エリス殿を担当する天上領《ハイランド》の技術者に見せて来ていただけますか？　私とミリエラだけでは、どうにも……あちらには私以上の技術者がいますから、その見解も欲《ほ》しいのです」

「じゃあその人に見せたら、リンちゃんを元に戻せるかも知れないんですか⁉」

「正直、分かりませんが……可能性を切り開く発見があるかも知れません」

「なるほど、現状では少々厳しいと……」

「ええ。やはり天上領《ハイランド》の、それも技公の有する設備とは差がある事は否《いな》めません。それを使う事が出来れば……ですが技公本人には気取られぬように気を付けて下さい。セイリーンがそのような姿になって生きている事は伝えていません」

「技公様は……セオドア特使とセイリーン様のお父上なのですよね？」

「ええ……セイリーンの事が知れれば、何をしでかすか分かりません。ですからくれぐれも見つからぬようにお願いします」

「頑張ります！　必ずリンちゃんを元に戻《もど》す手がかりを……！」

レオーネが強く頷いてぐっと拳を握《にぎ》る。

現在の所負担はレオーネに集中しているので、その気持ちは分からなくもない。

ぶるぶるぶるぶるっ！

リンちゃんが引っ込んで、レオーネの胸全体が震《ふる》えはじめる。

私を邪魔者扱《じゃまものあつか》いするな！　と言っているかのようだ。

「きゃあぁぁっ⁉　リンちゃんダメ……！　やだそんな所、ダメだってば……！」

レオーネが悲鳴を上げる。

「い、いつもこの子がご迷惑《めいわく》をお掛けして済みません……」

セオドア特使が世にも申し訳なさそうな顔をする。

「いえいえ迷惑だなんてそんな、全然平気ですよー」

「「何を勝手にっ……！」」

イングリスとレオーネの台詞《せりふ》が全く一致《いっち》した。

「もう……！　ラニは全然何もされないから、そんな事言えるんだよ？」

「イングリスの言う通りよ、今のはちょっとひどいわよ……？」

「ま、まあいいじゃない。普段《ふだん》クリスとレオーネは、立派なものをあたし達に見せつけて自慢《じまん》してるんだし？」

「「してないっ！」」

また二人の声が揃《そろ》って、校長室に響き渡った。

ともあれイングリス達の行き先は——天上領《ハイランド》だ。

番外編　放課後実践訓練

放課後の騎士アカデミー、校庭――

「やああああぁぁぁぁっ！」

女性の声の気合いと共に、イングリスの目の前に大きな円盾が迫《せま》って来る。

相手側の姿も殆《ほとん》ど完全に隠《かく》してしまう程《ほど》の大きさは、イングリスの小さな幼女の体など簡単に圧し潰《つぶ》してしまいそうな迫力《はくりょく》を秘《ひ》めている。

――だが、それがいい！

「はあああぁぁぁっ！」

両手を突《つ》き出し、円盾の突進《とっしん》を真っ向から受け止める。

手にずっしりと感じる重量感が心地《ここち》良《よ》い。力比べだ。

「くっ……！　体が可愛くなっても、力の強さは変わりませんね……！」

円盾の端《はし》から顔を覗かせるのは、猫《ねこ》のような獣の耳をした女性の教官、アルルだ。

天恵武姫《ハイラル・メナス》は武器化した時と同じ武具を呼び出して扱《あつか》う事が出来るようだ。

エリスは双剣《そうけん》、リップルは銃《じゅう》、システィアは槍《やり》、ティファニエは鎧《よろい》で、武具形態の時と同じものになる。

アルルは武具形態時が盾なので、普段から取り出すのは盾である。

イングリスが知っている天恵武姫《ハイラル・メナス》の中で一番清楚《せいそ》で大人しい印象のアルルだが、戦い方は身の丈程《たけほど》もある大円盾による突撃《とつげき》や殴打《おうだ》など豪快《ごうかい》なものだ。

単純な腕力《わんりょく》の強さも、エリスやリップル達《たち》より上かも知れない。

「いいえ、アルル先生……！　それほどでも……！」

実際のところ、影響《えいきょう》は確実にある。

やはり子供の体と大人の体では、物理的な力そのものが違う。

だからいつもより余計に、アルルの突進が重く感じる。

アルルは時間が許す限り、イングリスの放課後実戦訓練に付き合ってくれる。

毎日訓練したがるイングリスに呆れたり苦笑《くしょう》したりはするが、嫌《いや》だと言われた事は一度も無い。

それが助けてもらった恩返しでもあるし、教官としての務めでもある、との事だ。

なのでそのお言葉には最大限甘《あま》える事にし、騎士アカデミーが休暇《きゅうか》に入る前も、既に何度もお世話になっている。

今ではアルルのこの突撃の手応《てごた》えで、自分の力がどの程度落ちたかが測れる程だ。

「今日は押《お》し勝ってみたかったですけれど……！　きゃあぁっ!?」

アルルが声を上げたのは、イングリスが大盾ごとアルルを担《かつ》ぎ上げてしまったからだ。

「はあぁぁぁっ！」

そしてそのまま、上に高く放《ほう》り投《な》げる。

幼い見た目に見合わない、豪快そのものの戦法である。

そのまま落ちれば、かなりの衝撃《しょうげき》になるだろう。

だが巨大《きょだい》で鈍重《どんじゅう》そうに思える大盾を扱うが、アルル本人は極《きわ》めて身軽である。

「まだまだっ！」

空中で身を捻《ひね》りつつ、体勢を変える。

大盾を手放すと宙返りをしつつ、それを蹴《け》って下に飛び込んで来る。

盾の大きさと重さを、勢いをつけるための足場としたのだ。

盾を捨てても攻撃に出る、中々大胆《だいたん》な戦術だ。

だがその分勢いは確実に増している。

「やあぁぁぁっ！」

繰《く》り出された飛び蹴《げ》りは、イングリスの交差した腕《うで》の防御《ぼうぎょ》を弾《はじ》けなかったものの、小さな体を大きく後ずさりさせる。

「さすが、重い……！」

手にびりびりと痺《しび》れを感じる。

天恵武姫《ハイラル・メナス》の全力の飛び蹴りはやはり受け応えがある。

だがアルルは自分の獲物《えもの》である盾を手放し、足場代わりに蹴り飛ばした。

だから丸腰《まるごし》となり、反撃《はんげき》の好機――とはならない。

イングリスに飛び蹴りを浴びせて着地をしたアルルの手には、既に大盾が握られているのだ。

エリスやシスティアは、自らの攻撃を空間を飛び越えて離《はな》れた間合いに送《おく》り込む特殊《とくしゅ》な能力を操《あやつ》る。

それがアルルの場合は、離れた位置にある盾を、自分の手元に引き寄せる力となっている。だから大胆に大盾を捨てるような戦い方が出来るのである。

「追撃《ついげき》をっ！」

大きく身を捻り一回転しつつ、盾をこちらに投げつけて来る。

それも横ではなく縦に、大盾の正面がこちらに向いた状態で。

器用な投げ方だ。

迫って来る大盾は、イングリスの小さな体には、視界を塞《ふさ》ぐほどの迫力だ。

だが威力《いりょく》のほどはどうだろう？

恐《おそ》らくこんな空気抵抗のある向きで投げるより、普通《ふつう》に円盤《えんばん》のように横向きに投げた方が殺傷力は高いはず。

つまりこれは——投擲《とうてき》による直接攻撃が目的ではなく、目晦ましを狙っているのだ。

子供の小さな体では、この大盾の大きさでかなり視界が塞がれる。

そして攻撃を受けさせた所を別方向から、という所だろう。

ならばギリギリまで引き付けて、アルルが急襲《きゅうしゅう》してくる方向を見定める。

「……！　上っ！　はあぁぁっ！」

上にふっと動く影《かげ》が目に入る。

迎撃《げいげき》だ。イングリスは即座《そくざ》に反応し上に跳躍《ちょうやく》する。

同時に蹴りを振り抜《ぬ》く迎撃態勢も整えたのだが、目論見《もくろみ》が外れた。

「⁉　服だけ……⁉」

宙に舞《ま》っているのはアルルではなく、アルルが身に着けていた教官の服だけだった。

「隙《すき》ありですっ！」

直後に足をガシッと掴《つか》まれる。

それは勿論、イングリスを引っ掛けたアルルである。

上の服は脱《ぬ》ぎ捨てたため、肌《はだ》が露出《ろしゅつ》し下着姿になっていた。

「このままっ！　ええええぇぇいっ！」

足を掴まれたまま、地面に叩《たた》きつけられそうになる。

「やってくれますね……！　はあああぁぁぁっ！」

霊素殻《エーテルシエル》！

ぴたり。

イングリスは両手で逆立ちをするように、地面で止まる。

霊素殻《エーテルシエル》を発動し、腕の力でアルルの攻撃の勢いを止めたのだ。

「くっ……！　惜《お》しかったですね……！」

それに気づいたアルルは、イングリスの足を離して大きく飛び退《の》いて距離《きょり》を取る。

イングリスも腕の力で飛び上がって宙返りをし、通常の体勢に戻る。

「だ、大胆な戦術ですね、アルル先生……」

まさかアルルが、服を脱ぎ捨ててまで囮《おとり》に使うとは思わなかった。

イングリスも完全に裏をかかれたように、有効な手ではある。

が、艶《なま》めかしいアルルの肌をじっと見るのはとても罪悪感がある。

「そ、そうですね。今のうちに少しでもいい訓練をして貰いたくて……何とかイングリスさんの裏をかこうと思ったら、囮に出来るものがあれしか思いつかなくて……でも、は、恥《は》ずかしいですね……」

イングリス達は明朝天上領《ハイランド》に出発する。

封魔騎士団《ふうまきしだん》として生徒を引率《いんそつ》しつつアルカード行きのアルルとは、暫《しばら》く訓練が出来なくなる。

だから今のうちに少しでも、と一生懸命《いっしょうけんめい》考えてくれた結果の戦術のようだ。

その心意気は有り難いのだが、申し訳なさも感じる。

アルルはとても心優《こころやさ》しく献身的《けんしんてき》に生徒にも向き合ってくれるが、少々自己犠牲《ぎせい》が過ぎるのかも知れない。それが時々我《わ》が身《み》を顧《かえり》みない突飛《とっぴ》な行動に繋《つな》がる、と。

ロシュフォールもアルルのそういう所を心配し、また愛しているのかも知れない。

「す、済みませんそこまでさせて……ですが完全に裏をかかれましたし、いい訓練になりました」

「そうですか？　良かったです。あ、ちょっと待って下さいね、服を着ますから……」

「え、ええ。そうして頂けるとこちらも助かります」

アルルは地面に落ちた教官の服を拾い上げ、袖《そで》を通して行く。

「あ、ロスには今のは内緒《ないしょ》にしておいて下さいね？　怒《おこ》られてしまうかも知れないので」

「ええ、分かりましたアルル先生」

しかしそんな二人の秘密はあっさりと崩壊《ほうかい》する。

「見～た～～ぞ～～～ォォ」

アルルの後ろからにゅっと顔を出す影。

「きゃあっ⁉　ろ、ロス……っ⁉」

「やれやれ、人前で肌を晒《さら》すなど、はしたない事だよ？　アルル」

「ご、ごめんなさい。イングリスさんに少しでもいい訓練になればと……」

「済みません、ロシュフォール先生。アルル先生に無理をさせてしまって」

「まァ、こちらも少々無理をせねば、君にとっていい訓練にならんというのは事実だがなァ？」

「恐れ入ります」

イングリスはぺこりと頭を下げる。

「それに同じ女性同士、そう目くじらを立てる事でもない……か」

精神的には男性なのだが、この場合も許されていいのだろうか？

ロシュフォールが事実を知ればどんな風に思うのだろう。

「まあ、お客人も女性方で良かったという事かなァ」

とロシュフォールが後方を振り返ると、そこにはエリスとリップルの姿が。

「エリスさん、リップルさん！」

「明日こちらに迎《むか》えがくると連絡《れんらく》を貰ったから。今日はこちらに泊《と》まるように勧《すす》められたの」

「ボクは見送りに～。イングリスちゃんがボクのお仲間を脱がせていじめてるんじゃなくて良かったよ」

「私はお二方をお迎えに上がっていたという事だよ。丁度いい機会だからなァ」

確かにアルルと訓練を始める前にロシュフォールにも当然声をかけたが、用事があるから付き合えないと言われたのだ。

それが、エリスとリップルを呼びに行く事だったらしい。

「こ、こんにちは！　はじめまして！　アルルと言います……！　ご挨拶《あいさつ》が遅《おそ》くなってしまって申し訳ありません……！　以前の国境での戦いではご迷惑をおかけしました、済みませんでした……！」

アルルがやや緊張《きんちょう》気味に、エリスとリップルにお辞儀《じぎ》をする。

なるほどロシュフォールが言う丁度いい機会とは、この事だろう。

アルルに、エリスとリップルと会わせてあげるためだ。

何だかんだとアルルに世話を焼くロシュフォールらしいと言えばらしい。

元々はアルルのためにと、残り少ない命を振り絞《しぼ》って王都まで突撃してきたような行動力を持つ人物であるから、この程度は当たり前なのかもしれない。

「それはもう、済んだ事よ。あの子のおかげで被害《ひがい》も最小に留《とど》まったし、こうしてあなたも味方になってくれたのだから……」

エリスはそう応じながら、ちらりとイングリスの方を見る。

「こちらこそ挨拶が遅くなってごめんなさい、あなたを歓迎するわ。私はエリスよ、よろしく」

そして微笑《ほほえ》みながら、アルルに握手を求めた。

「はい、よろしくお願いします……！」

リップルはエリスと握手するアルルの逆の手を取って、ぶんぶんと振って見せる。

「ボクもよろしく！　リップルだよ！　前はボクに念話で話しかけてくれたよね？　おかげで助かったよ、同じ獣人種同士だし仲良くしてね？」

「もちろんです！　リップルさん！」

「リップルでいいよ～。ボクもアルルって呼ぶからね？」

「は、はい……！　リップル」

アルルは嬉しそうに微笑みながら、そう応じる。

「私もエリスでいいから、気を遣《つか》わないでね」

「はい、エリス……！」

天恵武姫《ハイラル・メナス》の先輩達《せんぱいたち》に受け入れられて、アルルはとても安堵《あんど》した様子だった。

アルルの場合はこれまで他の天恵武姫《ハイラル・メナス》と接した事が無く、自分と同じ存在とこうして親交を結ぶ事が出来るのは心強いのだろう。

「ね、ね、アルル。ちょっと耳触《さわ》らせて貰っていい？」

「はい、いいですよ」

「ありがとっ。ん〜やっぱ猫耳……アルルって獣人種の中でも猫耳族なんだね？」

「はい。そうですよ。リップルは犬耳族ですね？」

「うん。そうだよ、でもボク猫耳族の子って、見るの初めてなんだよね……猫耳族ってもう滅《ほろ》びたって聞いてたから……」

「えぇっ……⁉　私は犬耳族の人とも同じ集落で暮らしていましたが……？　確かに今の世界には、私達だけしか獣人種《じゅうじんしゅ》はいないようですけど……」

「どういう事、リップル？」

「……多分、ボクとアルルは天恵武姫《ハイラル・メナス》になる前に生きてた時代がちょっと違《ちが》うんだね。どのくらい差が開いてるのかは分からないけど、多分アルルの方が先でボクの方が後だね。ボクが天恵武姫《ハイラル・メナス》になる前は、自分達が最後の獣人種だって聞かされてたから。それもみんな虹の雨《プリズムフロウ》で魔石獣になっちゃったみたいだけど……」

「確かに私達の仲間も、虹の雨《プリズムフロウ》の影響で、どんどん魔石獣になって数を減らしていました……そう、その後そんな事になったんですね……」

「獣人種は虹の雨《プリズムフロウ》の影響を受けるから……仕方がないね。虹の雨《プリズムフロウ》に淘汰《とうた》されちゃったんだね。それが運命だって納得《なっとく》するのは辛《つら》いけど……」

「ええ……そうですね」

「天恵武姫《ハイラル・メナス》になるというのは、そんなに時間がかかるものなのですか？」

と、イングリスはエリス達に尋《たず》ねる。

「私達は眠《ねむ》らされて処置を受けるだけだから、確かな事は分からないけれど……かなり個人差があるような気がするわ。単に眠らせるだけで、処置を保留している場合もあると思うけど……その方が必要な時に必要なだけ出せるでしょう？」

「ボクも、他に眠らされてる娘を何人も見たよ……あの子達がどうなっちゃったのか、今どうしているのか……それは分からない、目覚めたらすぐに地上に送られたし……」

「数多くの素体を集めて……後は数を撃《う》てば当たる、よ。無事に天恵武姫《ハイラル・メナス》になれるのはごく一部みたい」

「私達はこれでも、とても運がいい方なんです」

三人がそう口を揃える。

「……天上領《ハイランド》に行っても、楽しい事ばかりではなさそうですね」

「そうね。私も実際にそれほど詳《くわ》しいわけではないけれど……覚悟《かくご》はしておいた方がいいわね。だけどそれも一つの経験……そう考えてミリエラ達はあなた達を向かわせるのよ」

「……実際、どうなんだろうなあ、皆《みな》ショックとか受けなければいいけど……ね？　ボクはあんまりおススメしないけどなあ」

リップルが少々難しい顔をする。

「わたしは楽しみですよ？　天上領《ハイランド》最強の防衛兵器や殺戮《さつりく》生物が何故《なぜ》か暴走して、一斉《いっせい》に襲《おそ》い掛《か》かって来てくれるのを想像するとワクワクしてきます！」

「……はぁ。あなたって子は……」

「ははは、まあイングリスちゃんはそうだろうね、イングリスちゃんはね。元々イングリスちゃんは心配してないよ？　ラフィニアちゃん達の事を、ね」

「そうね、この子と私だけでも良かった気はするけれど……」

「いえ！　ラニとわたしが離れ離《ばな》れになるなんて、認められません！　わたしはラニの従騎士《きし》なのですから、主人の側にいるのが当然です！」

「そ、そう言うのが目に見えていたから……校長先生はラフィニアさん達も一緒にと言われたのでしょうね」

「って言うかラフィニアちゃんは？　主人の側にいるのが当然、なんだよね？」

リップルがそう尋ねて来る。

「それが、今は緊急《きんきゅう》事態です。ラニは居残りで補講を受けています。休暇明けの抜き打ち試験の点が良くなかったので……」

「ははは、それは確かに緊急事態だね」

「もうすぐ終わってこちらにやって来るとは思いますが……それはそれとして、せっかく皆さんがお揃いですし、全員で訓練をしませんか!?」

「えぇっ……私達もやるの……!?」

「四対一で戦いたいって……!?」

「はい！　せっかくですから！　こんな豪華《ごうか》な訓練には中々お目にかかれません……！」

何せ天恵武姫《ハイラル・メナス》が三人と、特級印を持つ最上級の騎士である。

これ程豪華《ほどごうか》な訓練相手は、望んでもなかなか揃えられるものでもない。

「ど、どうしましょう……？　二人とも、お付き合いいただけますか？」

アルルがエリスとリップルを振《ふ》り向く。

「ま、まあ私は構わないけれど……今は剣が使えないから、格闘《かくとう》だけになるけど」

「でもさ、四人がかりでみんなやられちゃったら、ちょっとあれだよねぇ……人に言えないっていうか、天恵武姫《ハイラル・メナス》なのに恥ずかしいって言うか……」

「そうでもないわよ、リップル。この子が強いに越《こ》した事はない……最終的に私達を使うのはこの子になるのだし、私達の方こそ、自分達を鍛《きた》え直して足を引っ張らないようにしないと」

「……うわ、エリスがそんなやる気見せるなんて……！　熱ある？　武器が故障して性格までちょっとおかしくなったとか……？」

と、リップルはエリスの額に手を当てて熱を測る素振《そぶ》りをする。

「ないわよ……！　ただ、今まで通りを維持《いじ》するだけなら今まで通りで構わないけれど……何かを変えようとするなら、私達も変わらなければいけないという事よ」

「……ま、エリスがそんなにやる気ならボクも文句ないけどね？」

「ククク ッ……たまには教官としての威厳《いげん》を見せてやらないとなァ。今日は大人げなく四対一かつ、賜《たまわ》り物の新装備も使って勝たせて貰う事にするぞォ？」

ロシュフォールもエリス達に続き、にやりと笑みを見せる。

「賜り物の新装備、ですか？」

「ああ、こいつだなァ」

ロシュフォールがイングリスに見せてくれたのは、見覚えのある魔印武具《アーティファクト》だった。

「それは……神竜の爪《ドラゴン・クロウ》!?　国王陛下がお使いになっていたものですね……！」

ラファエルの神竜の牙《ドラゴン・ファング》と対を成す、超上級《ちょうじょうきゅう》とも言える魔印武具《アーティファクト》だ。

神竜の牙《ドラゴン・ファング》が紅《あか》い竜理力《ドラゴン・ロア》の力、この神竜の爪《ドラゴン・クロウ》が蒼《あお》い竜理力《ドラゴン・ロア》の力を秘めている。

この神竜の爪《ドラゴン・クロウ》の方は、力の性質から神竜フフェイルベインに近い存在の爪を使っていると推測される。

ひょっとしたら本人のものかもしれない。

だとすれば、神竜フフェイルベインはイングリス王が封印《ふういん》してからずっと地中で眠りについていたはずだから、爪の採取時期はそれ以前という事になるだろうか？

それがいつなのかは謎《なぞ》だ。

となるとフフェイルベインに似た違う存在が他にもいる、という事だろうか。

それはそれで、会ってみたくはあるが。

「ああ、先程《さきほど》王城にお二方をお迎えに上がった際になァ。あの方も分からんお方だよ、我が身を狙《ねら》った敵将をあっさり取り立て、今度はまた自らの武器まで与《あた》えて見せるとは」

「だけど、技量の見立ては正しいと思うわ」

「うん、鎧の展開もいきなり使えてたもんね。ラファエルでも結構かかってたよ」

「それだけ国王陛下は、ロシュフォール先生に期待しておられるのだと思います！」

イングリスとしても、ロシュフォールが強力な魔印武具《アーティファクト》を得て戦力を向上させてくれるのは願ったり叶《かな》ったりだ。

それだけ普段の訓練の強度が上がるという事である。

「君の訓練相手として、という事かねェ？」

「それだけではないとは思いますが！」

無論、封魔騎士団として世界を巡《めぐ》り、ヴェネフィクとの和平を切り開く存在としての期待もあるだろうが、訓練相手的な役割も否定するものではないだろう。

ロシュフォールは様々な意味での期待を背負っているのである。

「だがそれも否定するものではない、と……ならばその役割を果たさせて頂くとしようかなァ？　少々大人げなくなァ……！」

ロシュフォールは神竜の爪《ドラゴン・クロウ》の蒼い刃《やいば》を抜き放ち、高く掲《かか》げる。

グオオオオオオォォォンッ！

竜の咆哮《ほうこう》が鳴り響《ひび》き、ロシュフォールの身が蒼い刀身と同じ色の鎧に包まれていく。

鎧の背には硬質《こうしつ》の、これも蒼い色の翼《つばさ》が現れていた。

「ククク……天恵武姫《ハイラル・メナス》の武器化ほどではないが、これもなかなかいい感じだよ……！　さァ、お相手させて頂こうかァ！」

しかしイングリスは、そのロシュフォールのお誘《さそ》いに反応しなかった。

普段ならばキラキラと顔を輝かせて殴《なぐ》りかかるところだが、今はじーっとロシュフォールを見つめていた。

「…………」

「うん？　どうしたのかねェ？」

「あ、済みません！　ロシュフォール先生！　済みませんが鎧を元に戻してもう一度展開して貰えませんか……⁉」

「？　ま、お安い御用《ごよう》だがなァ」

ロシュフォールはイングリスの求めに応じて言う通りにしてくれる。

グオオオオオォォォンッ！

「さァ。ではかかってくるがいい……！」

「いえ、済みませんがもう一度……！」

「……どういう事かねェ？」

グオオオオオォォォンッ！

「もう少し……！　もう少しです！　最後にもう一度……！」

「やれやれ……戦えと言ったり待てと言ったり、我儘《わがまま》な生徒だ」

グオオオオオォォォンッ！

「もういいかなァ？　割と何度もこれを展開するのも疲《つか》れるんだがねェ？」

「……はい！　何とか分かりましたので……！　ありがとうございます！」

「分かる？　どういう事かなァ？」

「はい、では早速《さっそく》学習の成果をお見せします……！」

イングリスは両腕《りょううで》を体の前で交差するようにし、指先を両肩《りょうかた》に触《ふ》れる。

そこから両腕から胸、腰《こし》から脚部《きゃくぶ》へと、指先に触れる部分に竜理力《ドラゴン・ロア》を完全に重ねつつ、自らの体をなぞって行く。

グオオオォォォ……ッ！

イングリスの体を、神竜の爪《ドラゴン・クロウ》の鎧に似た蒼い鎧が覆《おお》っていた。

「何いぃぃぃぃッ⁉」

「これは……⁉」

「こ、これその神竜の爪《ドラゴン・クロウ》の鎧だよね……⁉」

「え、ええ……！　ロスのものと同じ、強い力を感じます……！」

ただし今のイングリスに見合った子供用のサイズで、翼も無いが。

翼は再現が難しそうなので、再現を諦《あきら》めざるを得なかった。

また、大人の体で同じ事が可能かは、大きい分制御《せいぎょ》も難しくなるので分からない。

「正確には少々違いますが……参考にさせて頂きました！」

形状は神竜の爪《ドラゴン・クロウ》の鎧に似ているが、材質はイングリスが魔術《まじゅつ》で生み出した氷になる。

氷の剣の魔素《マナ》の制御を、鎧の形状になるように調整したのだ。

そして自分の身に完全に重ねた竜理力《ドラゴン・ロア》と織り交ぜた竜魔術《りゅうまじゅつ》にする事によって生成されたのが、この鎧だ。

竜魔術、竜氷の鎧と言った所か。

神竜の爪《ドラゴン・クロウ》の鎧が展開する瞬間《しゅんかん》は初めて目にしたのだが、魔素《マナ》の流れのみに着目すると、
意外と単純な動きをしていたのだ。

流石《さすが》に一目で即《そく》再現とは行かないが、何度か見せて貰《もら》った事でこれが出来た。

材質や強度は異なるだろうが、神竜の爪《ドラゴン・クロウ》に似た強化効果も生んでくれるはずだ。

「さあ、訓練の方お願いします……！」

イングリスは可愛《かわい》らしい笑《え》みを浮《う》かべて構えを取る。

「おやおや、当てが外れちまったかなァ？　新兵器の力で教官の威厳を見せつける予定だったのが、その新兵器を真似《まね》されちまったんだが……？」

「……付いて行くのが大変ね、この子には……！」

「聖騎《きし》士団《だん》も大概《たいがい》人遣《づか》いが荒《あら》いけど、アルル達の方も大変だね……！　イングリスちゃんの相手だもん……！」

「が、がんばります……！　自信はありませんが……！」

さあ、この新開発したばかりの竜魔術の性能を最高の訓練相手で確かめさせて貰おう。

と、そこに新たに現れる人影《ひとかげ》が。

「ううぅ～～終わったぁ……」

補講を終えたラフィニアだった。見るからに疲れた様子である。

「あ、ラニ。お疲れ様《さま》、頑張《がんば》ったね？」

「もおおぉぉぉ～！　疲れたあぁぁぁ！　何で明日から天上領《ハイランド》に行くって言うのに、補講なんて受けなきゃいけないのよ……！」

「あくまでわたし達は騎士アカデミーの学生だし、勉強は大事だよ？」

「とにかく頭動かし過ぎてお腹《なか》空いたぁ……食堂行ってご飯食べるわよ！　クリス！」

ラフィニアは有無《うむ》を言わさず、イングリスをひょいと抱《だ》き上げる。

「あ、うん。もうちょっと訓練したかったんだけど……？」

「そんな事より、ご飯食べようよぉ！　あたしもう限界いぃぃっ～～」

「仕方ないなあ、疲れた時はやっぱり甘いものだよ。甘いもの一杯《いっぱい》食べようね？」

「うん……！　じゃあ行くわよ～～！　失礼しまーす！」

「済みません、ラニがお腹が空いたようなので訓練はまた。失礼します」

ラフィニアに連れ去られながら、イングリスはぺこりとロシュフォール達にお辞儀する。

「……やれやれ、人の業だけ盗《ぬす》んで行っちまったなァ」

ロシュフォールが呆《あき》れて肩《かた》を竦《すく》める。

「じゃあ、どうしよっかエリス？　ボク達もお茶にする？」

「それより、今のうちに私達だけで訓練しておいた方がいいかも、ね……」

「えぇえぇ～？　ボク達だけで？」

「そ、そうですね……イングリスさんは、油断したらあっという間に強くなって行きますし……」

「ではそうするか……我ながら、生徒思いの教官だなァ」

頷《うなず》き合って、四人は戦闘《せんとう》訓練を始めた。

あとがき

まずは本書をお手に取って頂き、誠にありがとうございます。

英雄王、武を極めるため転生すの第九巻でした。楽しんで頂けましたら幸いです。

今巻は心境的には二部スタート的な感じなので、心機一転イングリスの姿も一からスタート！　みたいな感じでこうなりました。

久しぶりの幼女イングリスのイラスト楽しみだなあ、とか思いつつ！

さて、他の話題があまり無いので、アニメのアフレコを見させて頂いた感想でも書いておこうと思います。

実はリモートで毎回参加させて頂いて、収録見させて頂きました。

取り合えず、プロの現場って凄かったです。

ペースが速い！

別に雑にやってるとかそんなのではなく、無駄なくテキパキ進んで行くのが、素人には認識が追い付かないって感じです。

声優さん達は、はいテストスタート、で何かいきなりそのまま放送できそうな演技されてますし、あれどのくらい練習してアフレコに臨むものなんですかね。。凄かったです。

とにかくおおいきなり凄いな。。！　とか思ってたら、それを聞いてる監督さん達も一回聞いただけで全部把握してて、ここの言い方が〜とか、この単語の発音が〜とか、このシーンの感情はこうだから〜とかポンポン出て来て、僕としてはあれ、そうだったっけ？　よう分からん。。！　とか思っているうちに、「ハヤケン先生、今のどうでしたか？」と聞いて下さるので、「（いや早過ぎて全然把握できてないけど。。）はい、問題ないです！」って答える置物になってる事が多かったです。

正直、大して役に立たない置物が毎週偉そうに参加してて申し訳なかったと思います！　でも貴重な経験でした。中々経験できることではないですからね。

兼業作家のままでは参加できなかったので、専業化しててよかったです。

この間前の会社の上司の方達と飲み会して来て、仕事無くなったら再就職させて貰えるお話もしてきたので、退路も完璧。。！　だと思いたいですね。

最後に担当編集N様、イラスト担当頂いておりますNagu様、並びに関係各位の皆さま、今巻も多大なるご尽力をありがとうございました。

それでは、この辺でお別れさせて頂きます。

次巻予告

激しい戦闘により武器化形態に
支障が出てしまったエリス。

彼女の治療と、ついでに幼児化が未だ継続中の
イングリスの診察を目的として
一同は天上領へ向かう。

**初めての天上領ということで、
まだ見ぬ強敵の出現を期待する
イングリスだが——……**

**「殺戮兵器に魔石獣に
敵勢力……！
賑やかで
いいですね……！」**

**さっそく退屈せずには
済みそうで!?**

HJ文庫

英雄王、
武を極めるため転生す
そして、世界最強の見習い騎士♀
Eiyu-oh,
Bu wo Kiwameru tame
Tensei su.
Soshite, Sekai Saikyou no
Minarai Kisi “♀”.
10
2023年夏、発売予定!!!!

HJ文庫 https://firecross.jp/
1052

英雄王、武を極めるため転生す
～そして、世界最強の見習い騎士♀～ 9

2023年3月1日　初版発行

著者――ハヤケン

発行者―松下大介
発行所―株式会社ホビージャパン

〒151-0053
東京都渋谷区代々木2-15-8
電話　03(5304)7604（編集）
　　　03(5304)9112（営業）

印刷所――大日本印刷株式会社

装丁――BELL'S GRAPHICS／株式会社エストール

Printed in Japan

ISBN978-4-7986-3016-8　C0193

ファンレター、作品のご感想
お待ちしております

〒151－0053　東京都渋谷区代々木2－15－8
(株)ホビージャパン HJ文庫編集部 気付
ハヤケン 先生／ Nagu 先生

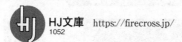

HJ文庫

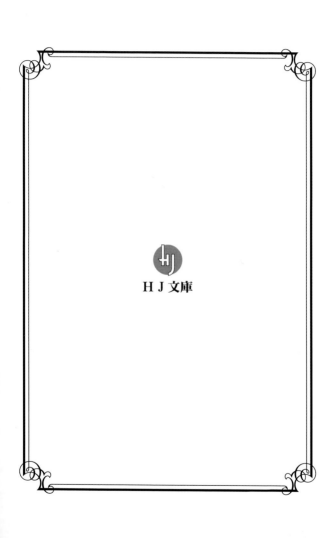